Rena Brauné

Die Insulaner

AF284969

Zu diesem Buch

Während eine Insel für Kinder wie ein Abenteuerspielplatz ist, kann sie für Erwachsene leicht zum Albtraum werden. Zwar gibt es auch auf dem Festland Ausgrenzung, Neid und Bösartigkeit, aber um nicht daran zugrunde zu gehen, ist man auf einer Insel mehr als anderswo auf Familienzusammenhalt angewiesen.

Die Geschichte mit ihren Personen, Namen, Handlungen und Ereignissen ist frei erdacht. Ähnlichkeiten mit der Wirklichkeit sind zufällig und unbeabsichtigt.

Rena Brauné: Die Insulaner

Cover-Gestaltung: Franziska Ciesielski

© Rena Brauné, 2021.

Alle Rechte vorbehalten

Autoren-Kontakt: renabraune@mail.de

Herstellung und Verlag:

BoD – Books on Demand, Norderstedt, 2022

ISBN 9-783755-741985

Danke!

Ich bedanke mich bei meinen treuen Leserinnen und Lesern! Ich bekomme von Ihnen so viel Zuspruch und Ermunterung, dass es mir nicht schwer fällt, immer neue Ideen aufzugreifen. Für Autorinnen und Autoren ist es so wichtig wie ein Schluck Wasser, dass ihre Bücher gern gelesen werden, denn wir wollen unterhalten. Wenn Leserinnen oder Leser sich fragen, "Was wäre, wenn?", dann haben wir alles richtig gemacht.

Rena Brauné

Sven

Zum zweiten Mal komme ich auf diese Insel. Obwohl das erste Mal, das zählt nicht richtig. Da war ich gerade mal drei Tage hier und hatte nur Schietwetter. Ich war froh, als das erste Boot zum Festland übersetzte .Jetzt will ich die Insel richtig kennenlernen. Sie ist so anders als alle Inseln, die ich kenne. Und ich war schon auf vielen Inseln auf der Welt. Man kann sagen, ich bin verrückt nach Inseln. Mein Studium war Geografie, mit Schwerpunkt Inselwelt.

Die Insel, auf der ich jetzt bin, liegt sehr weit nördlich, ist mittelgroß und hat wenige große Bäume, dafür viel Buschwerk. Blumen findet man nur in den Gärten der Bewohner. Das ganze Jahr ist alles grün. Überall wächst Moos, sogar an den steilen Abhängen, die oft bis zu zwanzig Meter tief ins Meer stürzen. Die Berge sind voller gefährlicher Felsspalten. Strand gibt es nur wenig. Der Mittelpunkt der Insel ist ein steil aufragender hoher Berg. Er hat das Aussehen eines Thrones. Die

Bewohner nennen ihn den Oberhirten. Die schroffen Felsen sehen gefährlich und gruselig aus, so als wenn jeden Moment ein Gnom aus einer Spalte springen könnte. Aber ich lasse mich nicht abschrecken.

Gleich bei meiner Ankunft kaufte ich im Krämerladen für zwei Tage Vorräte. Der Besitzer erkannte mich sogar wieder, obwohl wir damals, bei meinem ersten Besuch, keine zehn Worte gewechselt hatten. „Auch wieder da?", fragte er. So sind die Insulaner, immer *sutje* mit den jungen Pferden und bloß kein Wort zu viel.

Nun ist mein Zelt aufgebaut, ich liege gemütlich in meinem Schlafsack und bin glücklich. Mir geht die Spukgeschichte durch den Kopf, die es über diese Insel gibt. Wenn man die Bewohner direkt darauf anspricht, sagen sie: „Ach was, alles nur *Spökenkram*." Aber hinter vorgehaltener Hand erfährt man doch so einiges. „Woher kommt der Name *Oberhirte?*", fragte ich damals. Keiner wollte mit der Sprache raus. Da das Wetter zu der Zeit kein „Zeltwetter" war und keine Aussicht auf Besserung bestand, hatte ich mir ein Zimmer in der Pension gemietet. Am letzten Abend saß ich mit dem Pensionswirt zusammen und gab ein paar Runden aus. So langsam kam er in Stimmung und wurde redselig. Zuerst dachte ich, er sei betrunken, er erzählte etwas von Menschenopfern. Aber dann merkte ich, es war ihm ernst, todernst.

Früher, vor ca. 150 Jahren, wurden dem „Oberhirten" wirklich noch Menschen geopfert, erzählte er. In der Sage heißt es, über Monate wäre nur schlechtes Wetter gewesen. Ständig Sturm, Hagel und Regen, mit ungewöhnlicher Kälte, und die Männer auf See waren seit zwei Wochen überfällig. Nur die Alten waren nicht auf Klippfischfang.

Eines Tages ging eine junge Frau zum Holzsammeln in Richtung Berg. Damals hatte er noch keinen Namen. Ihre beiden Kinder hatte sie dabei. Das Dritte wuchs in ihren Leib heran. Es war noch reichlich Zeit bis zur Geburt. Auf dem steinigen, glitschigen Weg rutschte sie aus und fiel unglücklich auf den Rücken. Sie merkte sofort, sie würde das Kind verlieren. Um ihre Kinder, sechs und acht Jahre, nicht zu beunruhigen, sagte sie unter starken Schmerzen: „Lauft und holt Hilfe. Ich habe mir wahrscheinlich das Bein gebrochen. Ich werde inzwischen zu Gott beten, dass er mir beisteht." Die beiden liefen los.

Als Hilfe kam, lag die junge Frau halb bewusstlos da. Sie hatte einen Teil von ihrem langen Rock abgerissen und etwas darin eingewickelt. Sie murmelte vor sich hin: „O Gott, du hast es so gewollt. O Gott, ich gebe es dir." Sie war nicht mehr ganz bei Sinnen, aber wollte auf keinen Fall, dass das Bündel vor ihren Füßen mitgenommen wurde. So ließ man ihr den Willen und brachte sie nach Hause. Schon auf dem halben Weg zurück hörte es auf zu regnen und die Sonne brach durch die Wolken. Die Regentropfen glitzerten wie Diamanten auf den Blättern, die Erde dampfte und wie auf Kommando begannen die Vögel zu singen.

Zu Hause wartete schon die Hebamme und untersuchte die Frau. Gott sei Dank hatte sie keine weiteren Verletzungen. Einen Tag Bettruhe, einen Trank zur Stärkung, und alles wäre wieder gut, meinte sie.

Mittlerweile war es Abend geworden und die Männer verabredeten, das Bündel am nächsten Morgen zu holen, damit man das zu früh geborene Kind würdig beerdigen konnte. Am nächsten Tag kam der kleine Trupp entsetzt zurück. Es war nichts mehr da. Gar nichts, nicht einmal ein Stofffetzen. Da es keine Wildtiere auf der Insel gab, war das ein absolutes Mysterium. Die alten Frauen waren sofort bereit, darin ein Wunder zu sehen. Sie beteten voller Inbrunst und Dankbarkeit, denn Sturm und Regen waren vorbei, die Sonne schien so verheißungsvoll vom Himmel wie selten. Zwei Tage später kamen alle Schiffe heil, mit gut gefüllten Laderäume zurück. Der gesamten Mannschaft ging es gut, keiner war krank. Sie erzählten einhellig, so einen dicken Nebel, über fast zwei Wochen, wie dieses Mal, hätten sie noch nie erlebt. Es war, als hätte uns der Nebel auf einen Fleck festgeklebt, erzählten sie. Wir kamen nicht voran. Bis vorgestern Nachmittag plötzlich die Sonne durch die Wolken brach und wir zurücksegeln konnten. „Daraufhin bekam der Berg den Namen Oberhirte, weil er ja alle behütet hätte", erzählte der Wirt.

„Ja und was ist mit den Menschenopfern?", wollte ich wissen.

„Na ja", schmunzelte mein Pensionswirt, „ich habe das ja auch nur gehört. Aber es wird wohl was dran sein, so wie in jeder Sage ein bisschen Wahrheit steckt."

Diese mystische Erzählung hatte mich nie losgelassen, ihretwegen war ich wieder her gekommen. Und morgen würde ich die Insel erforschen. Ich bin gespannt, was ich alles so auf dem Weg zum „Oberhirten" entdecken werde.

In meinem Schlafsack denke ich an meine ersten Inseln. Ich liebe Inseln, fast bin ich selbst ein Insulaner. Mein Vater und meine Mutter sind geborene Insulaner und haben bis heute Verwandte auf ihren Inseln. Dadurch waren Mitte der 1960er Jahre unsere Urlaube wunderschön. Ich war damals fünf Jahre und mein Bruder zwei Jahre älter. Zu Ostern fuhren wir immer zu Mutters und im Sommer zu Vaters Verwandten. Auf Mutters Insel blieben wir immer zwei Wochen lang, bei unserem Opa und der Schwester unserer Mutter, Tante Wilma. Im Sommer waren wir dann sechs Wochen auf der Insel von Vaters Eltern.

„Deine sind auch viel reicher", sagte meine Mutter jedes Mal spitz zu meinem Vater. Was stimmte, denn Vaters Insel war größer und unser Opa war Besitzer des Dorfkrugs und hatte außerdem noch den Krämerladen.

Überhaupt, es gab dort eine Schule und mein Vater hatte Abitur machen dürfen, was damals selten war. Dann studierte er Maschinenbau, seine Eltern wollten, dass er einen anständigen Beruf hat.

Ja, mein Großvater war damals schon „eine moderne Mensch": „Hier kannst du nicht bleiben, zu viel Grips im Kopp", sagte er immer zu seinem Sohn. Da in den 1960er-Jahren alles aufwärts strebte, hatte mein Vater mit Maschinenbau den richtigen Beruf gewählt. Schnell hatte er auf dem Festland eine gute Anstellung gefunden.

Über Ostern blieb mein Vater immer nur eine Woche bei uns auf Mutters Insel. Erstens, weil Mutters Vater und ihre Schwester Wilma nicht gerade begütert waren, aber partout nix annehmen wollten und er ihnen finanziell nicht zur Last fallen wollte. Zweitens, weil mein Vater mit seiner Anstellung und Chance zum Aufstieg nicht mehr als zwei Wochen Urlaub im Jahr nehmen konnte und die teilte er sich auf. Jahre später erzählte er mir, er wäre ganz froh gewesen, ab und zu mal alleine und ohne diesen familiären Druck zu sein. Das habe ich erst als Erwachsener verstanden: Meine Mutter war eine sehr resolute Person und etwas eifersüchtig.

Wir kamen immer beladen wie die Packesel auf Mutters Insel an, mit köstlichen Sachen, die es dort nicht jeden Tag zu kaufen gab, Kaffee, Backpulver, Puddingpulver und Kakao, den hauptsächlich wir Kinder wieder wegtranken. Ein bisschen Sherry, Shampoo, Luxusseife und Cremes. Jeder trug einen Rucksack und unsere Eltern schleppten noch zwei großen Taschen.

So stapften wir im Gänsemarsch über den Deich zu Tante Wilma, nachdem uns Käpt'n Piet uns mit dem Boot rüber auf Mutters Insel gebracht hatte. Einen kleinen Teil der „Beute", wie er immer nannte, was wir anschleppten, hatten wir schon am Pier gelassen: Für Onkel

Paul Tabak und Fußballmagazine und für Else Filmzeitschriften. Niemand wusste, wie die beiden zur Familie gehörten, aber das war egal, denn damals waren wir alle eine große Familie auf der Insel.

Dann die Begrüßung bei Großvater und Tante, Heulen und Zähneklappern. Und immer: „Oh je, ihr bringt wieder viel zu viel" und „Seid ihr groß geworden, ein bisschen dünn, aber das kriegen wir schon hin" und „Oh Luise" - das ist meine Mutter - „wie hübsch du aussiehst. Das schöne Kleid und die Frisur!" Tränen, Stupsen, Umarmungen. Wilma zerfloss schier vor Freudentränen, als sie ihre Schwester fest umarmte. „Was für'n Tüddelkram", sagte mein Opa Weiler und spuckte ins Gras.

Wir Kinder warfen als erstes unsere Rucksäcke ab. Da war immer nur Unzerbrechliches drin und ein wenig Wäsche. Viel brauchten wir ja nicht, man konnte jeden Tag waschen und durch den Wind war alles im Nu trocken. Eigentlich hing immer irgend etwas auf der Leine. Dann rasten wir los. „Wie die Hummeln", brummelte mein Opa und wir wussten, das war ein Kompliment.

Oh, wir Kinder liebten die Inseln, schon die Überfahrt war ein einziges Abenteuer mit Käpt'n Piet. Er trug eine Mütze, auf der vorn ein goldener Anker war. Ab und zu durften wir die auch mal aufsetzen. „Halt sie ja fest", knurrte er uns dann an. Wir hatten einen Heidenrespekt vor ihm. Er trug einen dicken blauen Troyer, denn zu Ostern war es meistens noch kalt auf See. Und im Mund den dicken Packen Priem. Damit konnte er zaubern. Immer empfing er uns mit den Worten: „Na, ihr Bleichgesichter, wieder unsere gute Inselluft wegschnuppern? Das könnte euch so gefallen, aber dieses Mal passen wir auf."

Meine Eltern hatten die zwei Stunden während der Überfahrt frei, beide waren sowieso schon ganz erschöpft von der bisherigen Anfahrt. Erst mussten wir mit der Bahn und dann noch zwei Stationen mit dem Bus, bevor wir am Hafen waren. „Wir hätten wenigstens für das letzte Stück eine Taxe nehmen sollen", jammerte meine Mutter jedes Mal, „dieses Geschiebe und Geschubse im Bus macht mich ganz verrückt. Und meine schöne neue Dauerwelle ist schon ganz zerdrückt."

„Na ja, jetzt sind wir ja hier und haben noch zwei schöne ruhige Stunden vor uns", war die Antwort meines Vaters. Dann kramte er immer ein kleines Fläschchen aus einer der Taschen und ging nach unten.

„Von wegen ruhig," entgegnete meine Mutter, „die See ist heute ganz schön rau", und folgte ihm. Heute weiß ich, Vater und Mutter haben unter Deck rumgeschmust. Sie kamen immer leicht zerzaust und ganz entspannt später wieder an Deck.

„Ja, diese gute Seeluft", lächelte mein Vater dann.

Kurz nach dem Ablegen sagte Käpt´n. Piet: „So, jetzt habt ihr die Verantwortung. Aber erst mal müsst ihr ein bisschen Dampf bei mir ablassen." Inzwischen waren seine Wangen kugelrund geworden, als wären sie kleine Luftballons, und er konnte kaum noch sprechen. Dann zeigte er uns, was wir tun sollten.

Jeder von uns musste in Abständen auf eine seiner Wangen drücken, aber ganz vorsichtig und aus einer gewissen Entfernung. Dann schoss auf der anderen Seite aus seinem Mund ein brauner Wasserstrahl heraus. Langsam wurden dann seine Wangen wieder flacher und seine Sprache wieder verständlich. Zu guter Letzt, wenn er wieder normal atmen konnte, holte er zwei Mal tief Luft und spuckte einen dicken braunen Klüten aus. „Jesus und Maria, schon wieder ein Stück von der Leber", sagte er und nahm einen kleinen Schluck aus seiner Taschenflasche. Jeder Mann auf den Inseln

trug so ein silbernes Fläschchen „mit Medizin"
bei sich. Obwohl sie gar nicht krank waren.
„Reine Vorsorge", so Käpt'n Piet.

Einer von uns beiden Kindern hatte dann
die Aufgabe, „dieses Stück Leber der See zu
opfern". Wir hatten schon vorher mit „Schere,
Stein, Papier" ausgemacht, wer dieses Mal
diese ehrenvolle Aufgabe erledigen durfte.
Das war zu meinem Leidwesen immer mein
Bruder, mittlerweile glaube ich, er kannte mich
einfach zu gut. Denn ich nahm immer Stein
und er Papier, ich war ja auch gut zwei Jahre
jünger als er. Na ja, heute ist es mir egal, aber
damals hätte ich auch gern mal „ein Stück
Leber dem Meer geopfert."

Die erste Woche auf Mutters Insel verlief
immer turbulent, viel Besuch und
Gegenbesuch. Kuchen mit dickem Rahm,
Bratkartoffeln mit Speck, selbst gemachte
Würste, Schinken und jeden Morgen ein Ei.
Manchmal, wenn die Hühner viel gelegt
hatten, durften wir am Nachmittag noch ein

rohes Ei ausschlürfen. Tante Wilma stach oben und unten ein Loch mit der Stopfnadel und wir saugten, schlürften und schluckten. Wir waren darin Weltmeister.

Dann malten wir die leeren Eier für Ostern bunt an. Tante Wilma hatte tolle selbst angemischte Farben und war von jedem unserer Kunstwerke hell begeistert. Und wir stolz wie Oskar, schließlich war sie Kunstexpertin. Sie malte wunderschöne Bilder, mit Bambi und kleinen Enten, Engeln und Blumen, immer wieder Blumen. „Ihr seid schon eine Konkurrenz für mich", sagte sie manchmal. Oft besuchten auch andere Kinder ihre Malstunde und hinterher gab es fast jedes Mal eine Farbschlacht auf der hinteren Terrasse. Die lag vor dem Seewind geschützt, dicke krumme Bäume auf der einen Seite, die große Scheune für die Tiere auf der anderen, da war es absolut windstill. Zu Ostern haben wir da immer gegessen und anschließend die Eier gesucht.

Die große Scheune war jedes Mal noch ein bisschen größer geworden, wenn wir kamen. Was meinen Opa Weiler mächtig stolz machte. Wenn die Nachbarn fragten „ Na Weiler, haste im Lotto gewonnen?", grinste er nur.

Zu uns sagte er dann: „Ohne euren Papa wäre das gar nicht möglich. Ich habe einen wunderbaren Schwiegersohn, nicht so wie andere." Zum Schluss lachte er dann noch „Hä, hä." Und wir Söhne dieses wunderbaren Schwiegersohns sonnten uns unter dem Lob.

Im Gegensatz dazu sagte meine Mutter in Abständen zu ihrer Schwester Wilma: „Weißt du, auch mit Mann ist es nicht immer alles Honigschlecken. Andauernd diese Extrawünsche, warum ist mein blaues Hemd nicht gebügelt und wo ist mein roter Schlips und dann diese quirligen Bengel, andauernd stellen sie etwas an."

„Aber", sagte Tante Wilma, „sie sind doch so lieb."

„Ja, hier sind sie lieb, ich sehe sie hier ja auch kaum. Aber auf dem Festland habe ich mehr zu tun, da habe ich obendrein ja noch die Arbeit. Sonst könnten wir uns das alles nicht leisten. Und wir möchten uns ein Auto kaufen, was meinst du, wovon wohl."

Unser Haus in Stade hatte mein Vater selbst entworfen und viel Eigenarbeit reingesteckt. Das Haus war in Hanglage gebaut, zuerst sollten im unteren Geschoss nur das Büro meines Vaters und Kellerräume sein. Aber Frauen sind ja sehr erfinderisch, wenn sie etwas wollen.

Meine Mutter rechnete ihm auf meterlangen Zetteln vor, was sie alles verdienen könnte, wenn sie dort auch einen Raum für einen Frisörsalon bekäme. Dadurch würde sie auch leichter Kontakt zu den anderen Frauen finden und hier nicht versauern. Und überhaupt, schließlich hätte sie Frisör gelernt, um Geld damit zu verdienen.

„Ja, aber diese vielen Investitionen, das rechnet sich nicht", kam der Einwand meines Vaters. Außerdem sein Status in der Firma - seine Frau hätte es schließlich nicht nötig zu arbeiten, wie sähe das aus! Die Kinder bräuchten die Mutter und, und, und.

Irgendwann gingen ihm die Argumente aus und am Ende hat sie gesiegt. Ist doch klar. Und so richtete er im Kellergeschoss einen kleinen Frisörsalon ein, mit riesigen Glasfenstern. Und deswegen mussten wir wie auf Samtpfoten schleichen, wenn Kundschaft da war.

Wir spielten aber sowieso viel lieber draußen. Pfeilkriegen oder Verstecken, das war damals noch möglich. Wir waren eine kleine Gruppe von acht Jungen, wir nannten uns *Bande,* haben uns aber nie auf einen gefährlich klingenden Namen einigen können. Ich glaube, wir waren auch nicht gefährlich. „Mehr Angst als Vaterlandsliebe", sagte mein Vater immer. Er blieb total cool, als wir zu acht in den Stall von Bauer Meier geschlichen waren und die Kühe reiten wollten, was eine Panik unter den Viechern auslöste, weshalb der Bauer ausflippte und meine Mutter völlig aufgelöst bei Vater in der Firma anrief. Er fragte uns am Abend nur, ob einer von uns es auf eine Kuh rauf geschafft hätte - was natürlich nicht der Fall war.

In der zweiten Woche der Osterferien, ohne Vater, durfte meine Mutter sich auf der Insel austoben und sich ganz ihrem Beruf widmen. Die Inselfrauen freuten sich schon das ganze Jahr darauf. Ihre feste Ausstattung, Wickler und aufblasbare Trockenhaube, ließ Mutter immer auf der Insel und brachte nur jede Menge Tuben mit Creme zum Färben, Dauerwellmittel und viele neue Frisurvorschläge aus Zeitschriften mit. Filmstars zeigte sie besonders gern als Vorbilder. Sie strotzte nur so vor Ideen, wenn sie mit Tante Wilma und ihren vielen Tuben und Fläschchen loszog.

Weil das Wohnhaus von Opa zu klein war, spielte sich das Schönmachen der Inselfrauen bei ihnen zu Hause ab. Oft kamen drei oder vier Frauen zusammen. Erst schnackten sie nur, aber nach einer halben Stunde wollten sie dann alle schön gemacht werden.

Meine Mutter schaffte es jedes Mal, in dieser einen Woche allen eine neue Frisur samt Schnitt, Dauerwelle und Farbe zu zaubern. Was bei dem vielen Gesabbel eine enorme Leistung war. „Mach das ja stark, Luise, das muss erst mal wieder halten", sagten die Frauen einträchtig.

„Erst wir Frauen, dann lange nix" war ihre Devise - erst wenn sie schön waren, kamen die Männer dran. Besser gesagt: Dann wurden sie zum Haareschneiden heran zitiert: „Schließlich gibt es Feste auf den Inseln und da müsst ihr zu euren Frauen passen. Oder wollt ihr, dass sie euch ausgespannt werden?" Bezahlen mussten nur „die Fremden", nicht die Verwandtschaft, das war schließlich

Familie. Ja, so war das damals. Meine Mutter quirlte und sprühte vor Energie und war total in ihrem Element. Nach einer Woche zwar komplett erschöpft, aber ebenso zufrieden wie ihre Kundschaft. „Hier weiß ich doch wenigstens, wofür ich das mache, wenn ich da an die Kundschaft in Stade denke, so was von etepetete."

Mein Opa Weiler grinste die ganze Zeit wie ein Honigkuchenpferd. „Meine Luise, ja meine Luise", sagte er stolz. Er nahm es sogar klaglos hin, dass es in der zweiten Wochen oft Gulasch mit Mehlklüten gab, weil die Frauen keine Zeit mit Kartoffelschälen und Gemüseputzen vertun wollten. „Mein Leibgericht", verkündete Opa dann. Viele Gerichte hatte Tante Wilma schon vorgekocht und die befanden sich im Kühlkeller unter dem Haus.

Um in den Kühlkeller zu kommen, musste man eine schwere Klappe im Fußboden hochziehen, darunter führte eine steile Treppe nach unten. Man tat gut daran, einen Darmol-Leuchter mit nach unten zu nehmen und Streichhölzer, falls die Kerze ausging.

Einmal hatte jemand die Klappe offengelassen und wir Kinder stiegen runter. Ohne Leuchter. An den hatten wir nicht gedacht, denn das Tageslicht fiel in den Keller. Wir inspizierten den Keller, der in unseren Augen eine wahre Schatzhöhle war.

Es gab Schnippelbohnen, Rote Bete, Sauerkraut und eingelegte Kirschen, Apfelmus und Stachelbeeren. Ein Schlaraffenland in unseren Augen. Die Kirschen hatten es uns besonders angetan, sie leuchteten so wunderbar im Glas. Kaum hatten wir ein Glas gegriffen, mein Bruder stand auf der Tonne mit Sauerkraut, hörten wir Opa von oben sagen: „Verdammich, wer hat die Klappe auf gelassen, das ist gefährlich", und die Klappe fiel zu.

Mit lautem Klirren landete das Glas Kirschen auf den Boden. Rotz und Wasser heulend standen wir stocksteif da und wagten nicht, uns zu rühren. Langsam öffnete Opa die Klappe wieder und leuchtete mit dem Darmol-Leuchter runter. „Verdammt," sagte er, „ihr seid das, ich dachte erst, die Katze hätte sich runter geschlichen."

Vorsichtig holte er uns hoch, beseitigte alle Spuren im Keller und scheuchte uns nach draußen in die Waschbalje, um den Kirschsaft abzuspülen, dann kamen unsere Sachen mit viel Bleiche ins Wasser. Die Frauen waren ja Gott sei Dank zum Schönmachen.

Nachdem alles wieder ordentlich und sauber war, sagte unser Opa: „Strafe muss sein. Zum Nachtisch soll es heute Grießpudding mit Kirschen geben. Aber weil ihr gerade ein Glas zerdeppert habt, werdet ihr heute Abend auf Kirschen gar keinen Appetit haben, haben wir uns verstanden?"

Mit einem Zwinkern und Schmunzeln haben wir dann von Opa jeder drei Kirschen zum Pudding bekommen. Aber erst nachdem wir gesagt hatten: „Nein danke, Tante Wilma, wir möchten heute keine Kirschen."

Der Abfahrtstag war immer das reinste Chaos, unsere Rucksäcke und Taschen schwerer als bei unserer Ankunft, vollgepackt mit Eingemachtem, selbst gemachten Würsten, Schinken und gebastelten Geschenken von Tante Wilma. Wir zogen mit dem Bollerwagen zum Anleger. Unser Vater würde uns abholen. „Ich fahre doch als Frau nicht allein mit diesen quirligen, frechen Bengeln zurück." Meinem Vater war das sehr recht, er fuhr dann immer schon am Samstag in die Stadt, übernachtete bei einem Freund und Sonntag früh kam er mit Käpt´n Piet.

Meine Mutter umkreiste meinen Vater bei seiner Ankunft erst einmal, strich hier etwas glatt und zog da etwas gerade und schnupperte die ganze Zeit an ihm. Ja, er roch wirklich gut, dieses „Old Spice" mochten auch wir Jungen gern und tupften uns ab und zu davon etwas ins Gesicht.

Wenn mein Vater uns abholte, brachte er immer zwei große Kartons mit, die mit dem Bollerwagen zu Opas Haus gezogen wurden, wenn unser Schiff abgelegt hatte. „Nur so'n bisschen Schietkram, was wir nicht mehr gebrauchen können", erklärte meine Mutter. Die Kartons hatte sie schon immer vor den Osterferien gepackt und mein Vater musste sie nur mitbringen. Es waren kleine Schatztruhen, voll mit Nägeln, Schrauben, Werkzeug, Kleber, neuartiger Dichtungsmasse für Opa. Farben, Papier und Pinsel zum Malen für Tante Wilma. Einmal sogar einen Plattenspieler mit Batterien, der neueste Schrei, und die Musik sehr rockig, meinte Opa. Ich glaube, es waren die Beatles. Wenn er die Kartons sah, sagte er nur: „Mal sehen und was wir nicht gebrauchen können, schmeißen wir weg" und spuckte ins Gras. So konnte jeder sein Gesicht wahren.

Tante Wilma weinte beim Abschied ein wenig und drückte uns heftig an sich, wir waren in Gedanken schon auf dem Schiff zum nächsten Abenteuer. Unter unserem lauten Gejohle und Winken und lautem Tuten aus dem Schiffshorn legte das Schiff ab. Keine Viertelstunde später schnitt mein Vater ein Stück selbstgemachte Wurst an und seufzte: „Ach, es geht doch nichts über den guten Inselwind."

„Aber das nächste Mal möchte ich auch mal woanders hinfahren", murrte meine Mutter.

„Ja, das nächste Mal", grinste mein Vater. Dieser Zeitpunkt kam früher, als er dachte.

Auf Vaters Insel war alles anders. Na ja, nicht alles, auch hier war Familie Familie, mit allen Vor- und Nachteilen. Aber wie immer mit mehr Vorteilen.

Opa Hinnerk und Oma Margret, sie wurde von allen nur Miele genannt, besaßen den Dorfkrug und den Krämerladen. Den Laden haben sie später geschlossen, als Edeka kam. Da bauten sie an ihren Dorfkrug eine

Pension an. Für uns war Opa Hinnerk der „Inselgott". *Alle* kannten ihn, überall nahm er uns mit hin. Jeder grüßte ihn und grüßte uns. „Moin, moin, Hinnerk, deine Enkel werden mal plietsche Jungs", hörten wir oft.

Wir saßen stolz bei den Fahrten auf dem Kutschbock und durften Nelli lenken. Nicht, dass es bei dem Pferd groß was zu lenken gab, aber das wussten wir damals nicht. „Ja natürlich", kam es von Opa Hinnerk augenzwinkernd, wenn wir mit unseren Lenkkünsten prahlten, „ist doch klar, wenn man aus so einem guten Stall kommt. Moin, moin."

Ganz am Anfang, als unser Vater seine Braut Luise mitbrachte, war Opa Hinnerk überhaupt nicht begeistert und schäumte wie das Bier in seinem Dorfkrug. „Eine Friseuse, unmöglich, wenigstens eine Ärztin hätte er mitbringen müssen, und warum denn schon so früh. Hat wohl einen Braten in der Röhre?" Nee, Braten in der Röhre war nicht, aber

Luise war hübsch und fleißig und sein Sohn total verliebt. Und schließlich war auch Opa Hinnerk erst knapp zwanzig Jahre gewesen, als er damals seine Miele heiratete. „War ja auch Krieg, und ich musste weg. Wir wollten doch wenigstens als Mann und Frau aneinander denken", war sein Argument, als sein Sohn ihn darauf hinwies.

Oma Miele mochte meine Mutter gleich. „Sie ist so praktisch, so hübsch und hat so viele gute Ideen, das ist die Zukunft."

Meine Mutter hat dann auch nicht lange gebraucht, um ihren zukünftigen Schwiegervater für sich einzunehmen, so zärtlich, wie sie ihm um den Bart ging. Er kapitulierte: „Ist ja auch wirklich eine Hübsche und Fleißige". Oma Miele grinste nur und ließ sich gleich eine Probedauerwelle machen - die Ausstattung dafür hatte meine Mutter plietscherweise gleich mitgebracht.

Die Sommer verliefen immer im gleichen Rhythmus. Gleicher Käpt´n Piet, andere Insel.

Allerdings keine Rucksäcke und Kartons voll mit Geschenken wie bei unseren Ferien auf Mutters Insel, sondern nur Duftwässer, Cremes und einige Dauerwellen. Die Dauerwellen bekamen hier nur Verwandte, natürlich ohne Bezahlung, war doch schließlich Familie. Die anderen Produkte, die sie mitbrachte, waren von „Avon läutet".

Oma Miele richtete jedes Mal im Festsaal ihres Dorfkrugs eine Ecke für die Verschönerungsaktionen her. Es gab einen großen Tisch mit Kaffee und Kuchen, mit dickem Rahm, Sherry und einem Klaren zum Nachspülen. Das Wichtigste war aber natürlich die „Schönheitszentrale" ein kleines Stück daneben. Das war ein mittelgroßer Tisch mit allen Produkten, „For Ladies only". „Zu groß darf der Tisch nicht sein, sonst sieht das Angebot zu mickrig aus", sagte meine Mutter gewitzt. Bis nach dem Kaffee verbarg ein großes Tuch die in Glitzerpapier eingepackten Schätze.

Für die Verschönerungsaktionen hatte Opa Hinnerk für seine „liebste Schwiegertochter" - er hatte nur die eine - einen besonderen Stuhl tischlern und aufpolstern lassen. Der hatte eine schräge Rückenlehne mit Kopfteil und wenn man auf den dazugehörigen Hocker die Füße legte, hatte man eine total entspannte Position. Zusammen mit Mieles Lese-Stehlampe war er perfekt zum Schönmachen.

Nach einer halben Stunde, der Kuchen war fast alle, waren die Frauen dann schon ganz hibbelig und forderten meine Mutter auf: „Los, Luise, wir wollen sehen, was du uns zu bieten hast." Dann hob Luise wie eine Zauberin das Tuch hoch. Ein Geraune, Gekicher und Gestöhne war zu hören, als wenn die Frauen in der Wüste dem ersten Tropfen Wasser begegnet wären.

Natürlich wollten alle probieren, was unsere Mutter für „Ladies only" mitgebracht hatte, am liebsten alles, aber da war Oma Miele vor. Angelernt von ihrer *lütten Deern* sortierte sie vor: Hauttyp A, B, C, hell, mittel, dunkel.

Aber alle durften schon mal Düfte testen. Zu denjenigen, die sich großzügig besprühen wollten, sagte Oma energisch:„Immer nur ein klein wenig auf den Puls oder den Duftstreifen, meine Damen, das stinkt sonst wie im Puff".

Wir plietschen Enkel lauschten heimlich und fragten uns, was ist ein Puff? Wenn es da so gut roch wie hier, würde es uns da gut gefallen.

Nachdem einige Frauen verschönert waren und gekauft oder bestellt hatten, wurden sie reichlich mit Proben versehen. Beschwingt gingen sie von dannen, wie schön, dass man zu den Ladies gehörte.

Die Ehemänner sahen das anders: Was soll das ganze Gekleister, kostet nur Geld. Nur: Wenn die Frau vom Nachbarn sich so etwas leisten konnte, konnte die eigene Frau da nicht gut nachstehen!

Ja, so liefen die Wochen im Sommer. Und natürlich angelten wir, fuhren mit dem Boot raus, räucherten danach die gefangenen Fische und halfen beim Heu machen. Immer waren wir eine ganze Korona von Gören.

„Meine Insulaner", schmunzelte Opa Hinnerk, „so stark wie die Piraten!!"

Er erzählte gern Geschichten über die Piraten. Früher wären sie hier aktiv gewesen. „Auch heute noch", sagte er geheimnisvoll, „aber ihr werdet dem schon auf die Spur kommen. Ich könnte euch da ein paar Tipps geben, aber ihr seid noch viel zu klein."

Wir, zu klein? Wir plietschen Enkel? Nein! Konnten wir doch, wenn wir uns auf die Zehenspitzen stellten und ein bisschen reckten, ein Glas Bier vom Tresen heben und es dem Gast servieren. Ja, servieren! Wir mussten dabei zwar mit beiden Händen zupacken, aber wir waren schon tüchtige Helfer. Wir bettelten bei Opa wegen der Piraten. Nein, nix zu machen. Wir bettelten bei

Oma. „Ach, was für ein spinnerter Kram, die gibt es gar nicht."

Als Opa das hörte, war er zu allem bereit. „In der nächsten Woche werden wir die Piraten abpassen und ihnen einen Streich spielen, großes Piraten-Ehrenwort", versprach er uns.

Wir fieberten schon im Voraus und beinahe hätte es nicht geklappt, weil mein Bruder und ich in den Schlickgraben fielen. Erst ich, Gott sei Dank war das Wasser nicht so tief und als Insulaner kann man schwimmen, aber der Graben war sehr steil und glitschig, so dass mein Bruder, der mich raus ziehen wollte, auch rein plumpste.

Da standen wir nun beide im Graben und konnten gerade ein bisschen über die Kante gucken. Von oben brannte die Sonne, unten gluckste dieses moderige, schleimige Wasser. Ich glaube, auch den Piraten hätte das nicht gefallen. Als mein Bruder dann auch noch über Wasserspinnen, Schlangen und kleine

Krebse redete, fing ich laut an zu kreischen und das muss sehr laut und schrill gewesen sein, weil ein Liebespaar, das sich ganz in der Nähe niedergelassen hatte, uns hörte und uns half. Viele Jahre später hat sich die junge Frau, die mittlerweile verheiratet war und zwei Kinder hatte, bei uns bedankt: Sie wäre damals wohl schwach geworden und hätte ihre Unschuld verloren, wenn wir nicht so geschrien hätten.

Wir rasten nach Hause und sprangen unter die Pumpe. Als der größte Dreck abgespült war, waren wir schon wieder Kämpfer und dachten an die Piraten. Mein Opa, der uns die ganze Zeit beobachtet hatte, fragte scheinheilig: „Na, was ist euch denn passiert?"

„Ach, nur in'n Schiet gefallen."

„Beide?"

„Ja, beide."

Stimmte zwar nicht, aber wir hielten zusammen in schwierigen Zeiten.

„Wo denn?"

„Ach, neben Beckers Kuhweide." Auf die Weide selbst durften wir nämlich nicht, das hatte uns Opa am Morgen streng verboten, weil ein verdrehter, gefährlicher Bulle mit seinen „Mädels" auf der Weide war. Um uns zu beweisen, wie gefährlich dieser Riesenbulle war, war er durch den Zaun geklettert, wir hatten draußen bleiben und die Gattertür aufhalten müssen, damit er schnell raus konnte. Dann ist Opa mit einem roten Tuch in ungefähr 20 Meter Entfernung vom Bullen rumgehüpft, das Ergebnis war wie zu erwarten.

Nie wieder habe ich meinen Opa so schnell rennen sehen, wir schmissen das Gatter hinter ihm zu und zeigten dem Stier lange Nasen. „Toll hab ihr das gemacht", sagte Opa, nachdem er wieder Puste hatte. Mannomann, das war aber auch ein Riesenbulle, so stark und so wütend und viel schneller, als Opa gedacht hatte. „Kein Wort zu Oma oder Mama, großes Insulaner-Ehrenwort, und jetzt gehen wir ein Eis essen am Anleger." Promenade, so ein Schickimicki gab es damals noch nicht, man spazierte den Anleger rauf und runter, da war das kleine Eiscafé, der Kiosk mit Zeitungen und Drops, und das war's.

Nachdem wir uns mit Eis gestärkt hatten, Bananasplit für uns und für Opa 'ne Buddel Bier, nicht so gut wie das Bier in seinem Krug, aber zur Not frisst der Teufel Fliegen, erklärte uns Opa den Plan:

„So, das war die erste Mutprobe", sagte er, „und ihr habt sehr gut reagiert. Jetzt geht es weiter, aber es wird ein wenig gefährlicher, wollt ihr?" - „Ja", schrien wir, wir mutigen Kämpfer.

Opa erläuterte den Plan: „Wir treffen uns morgen Abend um 22 Uhr am Feuerwehrhaus. Von da gehen wir zum Friedhof!"

„Friedhof?"

„Ja, ja, da haben die Piraten immer ihr Treffen. An jedem zehnten Tag im Monat!"

„Okay", die plietschen Enkel im Chor.

Am nächsten Abend wollte und wollte es keine 22 Uhr werden, anders als mein Bruder konnte ich noch nicht die Uhr lesen und fragte ich ihn immer wieder: „Hast du auch richtig geguckt?"

Endlich war es soweit, wir schlichen aus dem Haus, rannten zum Feuerwehrhaus und von dort ging es mit Opa zum Friedhof. Im Gänsemarsch bewegten wir uns vorsichtig auf dem Mittelgang des Friedhofs in Richtung Kirche, Opa als Erster mit einer großen Lampe in der Hand, ich in der Mitte und mein Bruder zum Schluss, mit einer Taschenlampe. Er hielt meinen Kragen fest in der Hand. „Damit du nicht fällst" sagte er. Alle Kirchenfenster waren bis obenhin hell erleuchtet, wir waren baff. Und dann, als wir fast den Friedhof überquert hatten, flog die Kirchentür auf und zwei weiß vermummte

Gestalten sprangen heraus. In den Händen hielten sie etwas, das aussah wie ein Riesenschwert, mit dem sie wild in der Luft herumfuchtelten. Ein fürchterliches Gekreische, Geheule und Geschepper war zu hören. Die Gestalten schrien hoch und schrill: „Hinnerk, Hinnerk, wo bist du? Hinnerk, zeig dich und komm raus."

Wir lagen inzwischen flach auf dem Boden, mein Opa über uns, und rührten uns nicht. Nachdem die Gestalten dreimal eine Ecke im Friedhof umkreist hatten, waren sie so schnell wieder weg, wie sie gekommen waren. Mein Bruder und ich hatten beide Sand im Mund. Opa nahm uns unter seine Arme, wir waren stocksteif, und raste mit uns zum Feuerwehrhaus zurück. Da war ja gewissermaßen neutraler Boden.

Es brauchte eine Weile, bis wir uns beruhigt hatten und wieder vernünftig atmen konnten. Opa gab uns einen winzigen Schluck aus seinem silbernen „Medizinfläschchen".

„Warum konnten die uns nicht sehen?",
fragte mein Bruder. Ich antwortete für Opa,
der noch ganz käsig im Gesicht war:
„Vielleicht waren das Gehenkte oder Piraten
ohne Kopf."

„Aber sie riefen immer Hinnerk, Hinnerk",
entgegnete mein Bruder.

„Ach was", sagte mein Opa, „woher sollen
die mich kennen?"

Ja, woher wohl?

Wir lagen kaum im Bett, da haben wir
geschlafen wie die Ratten. Am nächsten
Morgen haben wir verschlafen, keiner hatte
uns geweckt. Wir schlichen die Treppe runter
und wollten gerade in die Küche, als mit
lautem Geschepper mehrere Topfdeckel auf
den Tisch geknallt wurden. Das klang wie
gestern Nacht, schoss es mir durch den Kopf.

„So", sagte Oma Miele mit lauter Stimme,
es war ein richtiges Grollen, „das war das
letzte Mal, dass du mit deinen Lügenmärchen
die Jungs in Angst und Schrecken versetzt

hast. Ich hoffe, das war dir eine Lehre, das geht so nicht!"

„Ja, Miele", Opas Stimme klang zerknirscht. Wir schlichen leise durch den Gastraum nach draußen und kamen von dort mit unschuldigen Gesichtern Arm in Arm in die Küche.

„Na, geht es den müden Kriegern gut?" fragte Oma, „Wie ist es mit Frühstück? Speck mit Spiegelei auf Brot?"

Die Aussicht auf unser Lieblingsfrühstück hätte uns unter anderen Umständen in wohlige Seufzer ausbrechen lassen, aber mein Bruder wollte unser Glück ausreizen: „Können wir eine heiße Schokolade dazu haben?"

„Aber selbstverständlich", antwortete Oma, was eigentlich völlig unmöglich war. Gott sei Dank hatten wir noch zwei Wochen, um uns von diesem Schreck zu erholen.

Am nächsten Tag fragten wir Oma honigsüß: „Was hätte das zu bedeuten, wenn von den Piraten welche kommen und laut 'Hinnerk, Hinnerk' schreien würden?"

„Tja", meinte Oma, „dann hätte der Hinnerk wohl was ausgefressen oder die Piraten verraten. Man weiß nie, was denen alles so einfällt, den Piraten!"

Die Sommer kamen und gingen. Als ich zehn Jahre alt war, mussten wir ganz schnell rüber zu Opa Weilers Insel, der übrigens mit Vornamen Paul hieß. Aber es gab dreimal Paul und deswegen sprachen sich alle nur mit Nachnamen an. Tante Wilma hatte uns angerufen, es ginge ihm gar nicht gut. Er möchte euch sehen.

Fast hätten wir es nicht mehr rechtzeitig geschafft, weil ein schlimmes Unwetter mit starken Sturmböen herrschte. Gott sei Dank, konnten wir uns noch verabschieden. Er starb am Tag darauf. „Als wenn er auf euch gewartet hat", meinte Tante Wilma.

Bei der Beerdigung war ein schreckliches Schietwetter. Mein Bruder und ich hatten unsere roten Ferrari-Rennwagen mitgenommen, weil Opa Weiler die immer so toll fand. Wir wollten sie ihm mit ins Grab geben. Er hatte eine Leidenschaft für Autorennen. Opa Weiler wusste immer genau, wer wo fuhr, wie schnell die erste Runde war, wer in Pole-Position bei welchen Rennen war. Die Übertragungen im Radio bei seinem Freund Franz ließ er sich nie entgehen. Käpt´n Piet brachte ihm immer die neuesten Rennzeitschriften mit. Ich glaube, wenn er auf dem Festland gelebt hätte, wäre er auch zu den Rennen gefahren. Jetzt sollte er wenigstens die Rennautos bekommen.

Als alle Erwachsenen nacheinander eine Schaufel Sand und eine Blume in das Grab geworfen hatten, wollten wir gerade unsere Rennautos hinein werfen, als Pastor Siggelkow - er war nur ein reisender Pastor, einen eigenen hatte die Insel nicht - plötzlich sehr laut sagte: „Nein, das geht nicht, das ist Blasphemie!"

Alle rissen vor Schreck die Augen und den Mund weit auf und schauten auf den Pastor. In dem Moment hörte die Trauergemeinde ein leises 'Plumps' und das Auto meines Bruders lag bei Opa Weiler. Da sagte der Pastor schnell „Asche zu Asche, Staub zu Staub". Der Friedhofsgärtner war froh, dass er das Grab zuschaufeln konnte, was ihm bei dem Wetter keiner verdenken konnte, und mein Vater sagte später zu meinem Bruder: „Das hast du gut gemacht".

„Aber das war keine Absicht", erklärte mir mein Bruder beim Leichenschmaus, „ich habe mich nur so erschreckt." - „Ach", meinte ich, „das ist doch ganz gut so. Opa Weiler kann sowieso nur einen Rennwagen benutzen und wir beide haben jetzt einen zusammen. Ist doch fair oder nicht?"

Bei Tante Wilma wurde später natürlich auch noch mal über Opas plötzlichen Tod gesprochen: „Aber warum hast du uns nicht früher gerufen?"

„Es ging alles so schnell, letzte Woche hat er noch Holz gehackt, ich glaube, da hat er sich was geholt, und dann wurde es immer schlimmer."

„Aber ihr hättet doch zu uns auf das Festland kommen können, wir haben doch viel bessere Ärzte, vielleicht hätten die ihm noch helfen können."

„Nein, das wollte er auf keinen Fall. Wenn die Zeit kommt, ist sie da, das ist wie bei Ebbe und Flut. Das war immer seine Devise."

Ja, so sind sie die Insulaner.

Wir blieben noch zwei Tage, um Tante Wilma beizustehen. „Ich werde verkaufen", sagte sie. „Allein schaffe ich das nicht und außerdem war es Weilers Haus."

„Ja, wer will denn hier was kaufen?", fragte meine Mutter ganz erstaunt.

Tante Wilma kannte da ein Ehepaar aus Brunsbüttel, die hatten schon ein paar Mal gefragt. Sie wollten eine kleine Familienpension eröffnen. Im inzwischen riesig gewordenen Stall sollten Fremdenzimmer entstehen. In das kleine Extrahaus, in dem Wilma ihr Atelier hatte, wollten sie eine Sauna bauen.

Drei Tage, nachdem wir zurück in Stade waren, rief Wilma an: „Ich habe für nächste Woche einen Termin in Stade, mit dem Käufer und dem Notar, kann ich dann ein paar Tage bei euch bleiben?"

„Aber natürlich, gar kein Problem," antwortete ihr meine Mutter und sagte zu meinem Vater gewandt: „Die hat es aber eilig."

„Ich kann sie gut verstehen."

„Ja, du verstehst ja immer alle und hauptsächlich die anderen", meine Mutter spitz.

Wilma kam mit wenig Gepäck, zwei Koffern und zwei Tüten, in den Tüten selbst gebastelte Geschenke für uns Jungs. Sie würde auf Vaters Insel ziehen, weil sie da noch Verwandte hätte. Zwei Kisten hätte sie schon dorthin transportieren lassen mit ihren Malsachen, Fotos und den Andenken von uns. „Mehr brauche ich nicht", sagte sie, „ich mache einen neuen Anfang."

Sie war jung genug dafür mit ihren vierunddreißig Jahren und eine knackige Deern. Ihre Haare ließ sie sich von meiner Mutter ganz kurz schneiden und rot färben.

„Jetzt fängt sie an zu spinnen. Vielleicht zieht sie in eine Kommune zu den Hippies", so meine Mutter.

Aber Kommune und Hippies gab es auf der Insel meines Vaters nicht. Noch nicht. Dafür aber eine ausgezeichnete Schule mit einem Internat, in dem Wilma erst einmal wohnen konnte, bis sie was anderes gefunden hatte. So oder so würden wir sie weiter jeden Sommer besuchen können.

„Ist doch wunderbar", so mein Vater.

„Ja, du immer mit deinem wunderbar und Verständnis. Das muss sich erst einmal finden", meine Mutter.

Und es fand sich. Wilma wurde Kunstlehrerin, die Prüfung machte sie mit Bravour. Sie lebt noch heute auf der Insel. Einmal im Jahr hat sie eine Ausstellung, zusammen mit anderen Künstlern.

Bis ich vierzehn wurde, fuhren wir weiter jeden Sommer auf die Insel. Jedenfalls wir Jungs, ohne die Eltern. Schon zwei Jahre zuvor hatte meine Mutter gesagt: „Wir brauchen Zeit für uns und wollen auch mal Sonne." „Avon läutet" bot sie auf der Insel da schon länger nicht mehr an, inzwischen gab es einen guten Inselfriseur. Mein Bruder und ich blieben jedoch Insulaner, für uns gab es nichts Schöneres, als vom Meer umgeben zu sein.

Dann starb Hinnerk ganz plötzlich. Miele war sehr tapfer. Bewirtete nach der Beisetzung Verwandtschaft und Freunde großzügig, putzte danach alles gründlich, packte zwei Kisten und sagte „Ich verkaufe", genau wie damals Tante Wilma.

Und wie damals bei Tante Wilma war schnell ein Käufer gefunden. Der baute innen alles um und eröffnete ein kleines Wellnesshotel. Mit Schönheitsanwendungen, von denen man damals nur träumte. Heiße Steinmassagen, Aromatherapie und Friseur. Oma Miele bekam einen Gutschein, bis zu ihrem Lebensende zwei Mal im Monat kostenlos Friseur. Ich glaube, der hat gedacht, er hätte so eine tüttelige, klapperige Alte vor sich, die es nicht mehr lange machen würde.

Oma Miele hat das noch fünf Jahre voll ausgekostet. Sie war zu ihrer Freundin aus Kindertagen gezogen. Die hatte die Bäckerei und das Café am Ort gehabt, beides wurde jetzt von ihrem Sohn geleitet. Das Obergeschoss im Haus haben sie für sich umbauen lassen und waren wie in ihrer Kindheit ein Herz und eine Seele.

Jeden Nachmittag hielten die beiden Hof, unten im Café. Ihre Kanaster-Schwestern kamen und es wurde fix über die

Mitmenschen vom Leder gezogen. Die Anwesenden waren immer die Besten. Wenn der Sohn zum Schluss kam und fragte: „Na, meine Damen, einen 'Lütten' zum Nachspülen?", waren sie alle selig.

Auf der Beerdigung von Oma Miele sagte eine der Kanaster-Schwestern zu uns Brüdern: „Na, ihr müsst ja die reinsten Engel sein, so wie Miele immer von euch geschwärmt hat." Ja, Engel waren wir zwar wahrhaftig nicht, aber immerhin waren wir die plietschen Enkel.

So blieb uns von der Familie nur noch Wilma auf der Insel. Aber die war gerade in einem Alter, wo sie nichts mit uns anfangen konnte, das sagte sie jedenfalls. Heute glaube ich, sie hat das absichtlich gesagt, damit wir nicht dachten, wir müssten sie unbedingt besuchen.

Und Langeweile hat sie sowieso nie gehabt, sie organisierte viele Reisen und Ihre Tanzabende sind noch heute legendär.

Außerdem lag sie völlig richtig: Wenn keiner zu sehr am Strick zieht, kommen alle von allein. „Nächstes Mal sagt früher Bescheid, wenn ihr kommen wollt, damit ich mir das einteilen kann", bekamen wir von ihr zu hören, wenn wir wieder abfuhren, wie früher mit Heulen und Zähneklappern.

Auch wenn ich nur noch selten zu ihr gefahren war, nachdem ich angefangen hatte zu studieren, bin ich Insulaner geblieben und bleibe es für immer.

Jetzt, beim Erwachen auf der Insel des Oberhirten, ich war in Gedanken noch auf den Inseln meiner Kindheit und Jugend, hörte ich den Regen. Kein leichter Landregen, nein, es goss und hörte sich so hart an, als wenn Hagelkörner auf mein Zelt prasselten. Was war nur mit dieser Insel los? Wochenlang wäre schönes Wetter gewesen, hatte man mir versichert. Kaum war ich hier und wollte die Insel und den Oberhirten erkunden, regnete es.

Ich hatte das Zelt wohlweislich auf einer Anhöhe aufgebaut. So schnell konnte der Regen mir nichts anhaben. Vorsichtshalber verstaute ich die Kamera wasserfest. Den Rucksack, meine Tasche mit den Landkarten und Papieren legte ich auf den Tisch neben dem Ausgang. Man weiß ja nie, bereit sein ist alles.

Ich wollte mir gerade einen Tee machen, als ich lautes Rufen hörte: „Professor, Professor, du musst sofort hier weg. Es wird ein Unglück geben. Schnell, schnell, wir helfen dir." Es waren der Pensionswirt und der Besitzer des Krämerladens. Seit sie erfahren hatten, dass ich als Dozent Vorträge an der Uni über Inseln halte, nannten sie mich Professor. Sie waren völlig durchnässt und machten besorgte Gesichter. Als ich aus dem Zelt kroch, wäre ich fast hingefallen. Es war sehr glatt und rutschig. Überall bröckelte schon etwas von der Plattform ab, auf der mein Zelt stand.

„Aber es ist doch nur Regen, ich bin doch nicht aus Zucker", wagte ich einzuwenden. „Es wird schon wieder aufhören."

„Nein, es braut sich was zusammen, wir wissen nur noch nicht genau, wie schlimm es wird. Aber der alte Fischer Targe hat uns Bescheid gesagt und der irrt sich nie. Seine Nase juckt wie verrückt und dann passiert immer etwas. Alle Bewohner schützen schon ihre Häuser. Also los, nun komm schon und keine Widerreden mehr."

„Na, wenn Targes Nase juckt," sagte ich.

Der Pensionswirt trug meinen Rucksack und ich die anderen Teile. Wir waren noch keine fünfzig Meter vom Zelt entfernt, als wir ein Grollen vernahmen. Zuerst nur leise, dann wurde es immer lauter. Es schwoll zu einem Brüllen an. Erst langsam, dann immer schneller bewegte sich eine Schlammlawine auf das Plateau zu, auf dem sich mein Zelt befand. Und auf einmal waren auch kleine Bäume, Büsche und Felsbrocken in der sich rasend schnell bewegenden Masse. Wir schauten völlig erstarrt aus sicherer Entfernung wie gebannt zu. Es war unfassbar, wie schnell sich alles ereignete.

„Ja", meinte der Pensionswirt, „Professor, deine Sachen sind hin. Ich glaube, der *Oberhirte* will dich hier nicht haben. Komm erst mal mit zu mir, dann sehen wir weiter."

Was sollte ich machen? Das mit der Erkundung des Oberhirten würde auch dieses Mal nichts werden. Im Moment konnte ich noch nicht einmal die Insel verlassen. So blieb nur Abwarten und Tee trinken.

Ich quartierte mich in der Pension ein und machte Pläne: Wenn mich der Oberhirte auf seiner Insel nicht haben wollte, könnte ich doch meine Tante auf der Insel meiner Kindheit und Jugend wieder einmal besuchen, wenn ich hier weg kommen würde. Die Träume der letzten Nacht hatten alles wieder wach gerufen. Die Zeit war damals so schön für uns gewesen und ich verspürte eine starke

Sehnsucht nach Wilma und der Insel. Nur wie sollte ich sie über meinen geplanten Besuch informieren? Ich konnte Wilma nicht anrufen, denn Handys haben hier sowieso keinen Empfang und jetzt war auch das Festnetz gestört. Dabei hätte ich sie so gerne erreicht, in mir war eine Unruhe, die ich nicht nur durch meine Erinnerungen an sie und unsere Insel erklären konnte.

Als es nach zwei Tagen endlich wieder eine telefonische Verbindung gab, ging Wilma nicht an ihr Telefon. Zwei weitere Tage versuchte ich es, zu den unterschiedlichsten Zeiten. Langsam machte ich mir Sorgen und meine Kopfhaut begann zu kribbeln. Irgendetwas musste Wilma passiert sein.

Am dritten Tag rief ich bei Wilmas früherem Rektor der Schule, Herrn Tesche an. Jetzt waren sie beide schon im Ruhestand, aber hielten engen Kontakt zueinander. Ich hatte immer den Verdacht, die beiden hätten ein Verhältnis miteinander. Wenn das so war, dann waren sie sehr diskret. Nur ein Küsschen auf die Wange zur Begrüßung und eine leichte Umarmung. Aber mir schien es, als wären sie Seelenverwandte. Herr Tesche hatte mir mal gesagt: „Ich dachte immer, ich sei ein steifer Stock, aber Wilma hat mir gezeigt, dass ich eine biegsame Gerte bin."

Er war erleichtert, von mir zu hören. Es sprudelte nur so aus ihm heraus: „Ein Glück, dass du anrufst, Sven, ich habe schon versucht, deine Eltern zu erreichen, aber es hat nicht geklappt. Deinem Bruder konnte ich nur etwas auf den Anrufbeantworter sprechen, aber er hat nicht zurückgerufen. Dich konnte ich überhaupt nicht erreichen.

Wilma liegt im Krankenhaus, aber beruhige dich, es ist nicht schlimm. Sie ist gestürzt und hat sich den Knöchel gebrochen, außerdem ihre Hüfte geprellt. Sie wollte nicht, dass ich jemandem Bescheid gebe. Aber ich weiß, dass sie euch vermisst. Wann kannst du kommen?"

Dass mein Bruder Mike nicht zurückgerufen hatte, wunderte mich nicht. Er lebte in England und war Immobilienmakler. Immer hatte er gerade einen großen Fisch, sprich einen ganz wichtigen Kunden an der Angel. Er versprach oft Dinge, die er nicht halten konnte oder wollte. Meine Eltern waren ständig unterwegs, sie hatten zwar inzwischen in Spanien ihr festes Domizil, bereisten aber oft für ein paar Tage andere Städte und genossen in vollen Zügen ihren Ruhestand. Vor allem meine Mutter. Bei meinem Vater war ich mir nicht so sicher. Er wäre lieber auf die Insel seiner Kindheit zurückgekehrt und hätte da gelebt. Man konnte das manchmal heraushören, wenn er mich fragte: „Warst du auch zum Angeln draußen? Und wie geht es meinem Schulkollegen Peter?" Das war sein Blutsbruder. Gern hätte er mit ihm mal wieder geklönt. Aber er fügte sich den Wünschen seiner Frau und meinte: „Deine Mutter ist glücklich hier in Spanien, die Sonne tut ihr gut.

Wenn es ihr gut geht, fühle ich mich auch gut."

Ich erklärte Herrn Tesche die Situation. Mein Pensionswirt war der Meinung, am nächsten Tag wäre eine Überfahrt vielleicht möglich. Er hatte einen Fischer für mich gefunden, der es auf jeden Fall versuchen würde. „Aber dann brauche ich noch mindestens zwei Tage, bis ich bei Wilma sein kann."

„Das ist gut. Wahrscheinlich ist sie dann schon aus dem Krankenhaus entlassen. Aber wenn sie zu Hause dann etwas Hilfe hätte, wäre das gut. Ich werde ihr aber nichts verraten. Dann wird es eine Überraschung", meinte Herr Tesche.

„Ja, das ist das Beste. Sonst fängt sie an, Kuchen zu backen oder Gulasch zu kochen, sondern sich ausruht. Ich betüddel sie dann."

So machte ich mich am nächsten Tag auf den Weg in die Heimat. Die innere Unruhe hatte mich nicht losgelassen, vielleicht hatte mich das Erleben der vernichtenden Kraft der Schlammlawine mehr erschüttert, als ich mir eingestehen wollte. Aber auch ein leises Angstgefühl hatte sich breitgemacht. Ich musste schnell zu Wilma, denn bei Opa Weiler war der Tod so plötzlich und unverhofft gekommen, was, wenn jetzt Wilma dran wäre?

*

Die Zeit, bis ich im vertrauten Hafen ankam und die Fähre betrat, schien mir endlos. Trotz stürmischer See fühlte ich mich gleich viel leichter. Noch eine Stunde und ich würde wieder auf meiner Insel und bei Wilma sein.

Ich bemerkte eine junge Frau, die im Bordrestaurant saß. Sie hielt ihren Kaffeebecher umklammert und ihr Gesicht zeigte eine etwas grünliche Farbe. Ich ging zu ihr: „Am besten, sie gehen nach oben an die frische Luft, da wird es ihnen viel besser gehen."

„Ja, wenn sie meinen."

Schwankend erhob sie sich. Beinahe wäre sie gefallen, ich konnte sie gerade noch festhalten. Vorsichtig bugsierte ich sie nach oben und sagte: „Hinsetzen, tief Luft holen und auf den Horizont schauen. Dann wird es schnell besser."

Sie nickte nur, aber folgte meinem Rat. Langsam kam ihre normale Gesichtsfarbe zurück.

„Ich bin Sven", stellte ich mich vor.

„Ich heiße Gesa, vielen Dank für die Hilfe. Es geht mir schon viel besser."

„Ich lasse Sie jetzt allein, ich muss noch mit dem Kapitän sprechen. Bis dann." Es war natürlich nicht mehr Käpt´n Piet, mit dem wir als Jungen immer gefahren waren. Bei dem wir immer Dampf aus seinen Wangen ablassen durften und danach das Stück „Leber" der See opferten.

Aber auch dieser Kapitän war Insulaner und wir kannten uns seit Kindertagen, als wir in den Ferien manches Abenteuer zusammen erlebt hatten. Wenn ich Wilma besucht hatte, hatten wir uns später oft getroffen.

Ich ging als Letzter von Bord. Da sah ich die junge Frau wieder. Sie saß zwischen Elsa und Christian. Wie in einem Nest, kam mir der Gedanke. Da ist sie gut aufgehoben. Ob sie mit ihnen verwandt ist, fragte ich mich?

Meine Ankunft bei Wilma, wie früher, Heulen und Zähneklappern. Die Freude war ihr ins Gesicht geschrieben, auch wenn die Tränen kullerten. „Mein Jung, mein Jung", sagte sie ein ums andere Mal, „und jetzt erst mal einen Tee." So ist das auf den Inseln, egal was passiert, erst mal einen Tee. Dann humpelte Wilma, für meine Begriffe viel zu schnell, in ihr Haus, das eigentlich nur ein Häuschen ist, gebaut für eine Person, die ab und zu mal Besuch bekommt.

Alles war genau geplant von Wilma. Die vielen Einbauschränke boten Platz zum Verstauen, so dass genug Raum zum Wohnen blieb. Ihr kleines Atelier war vollgestopft mit Farben, Papier und Bildern von ihren Schülern. Ihre eigenen Bilder hängte sie nicht mehr auf. Auf meine Frage nach dem Warum bei meinem letzten Besuch hatte sie geantwortet: „Ach, weißt du, früher habe ich so kleine hübsche Bilder gemalt. Die meisten Leute sagten, oh, wie hübsch, oder die Enten sehen fast echt aus. Das mochte ich einfach nicht mehr hören. Vor allem, weil sich mein Stil total verändert hat. Heute male ich nicht mehr gegenständlich, sondern abstrakt. Ab und zu mal ein Stillleben, aber modern. Und damit können viele nichts anfangen. Aber es ist meine Leidenschaft."

Das Gästezimmer hatte Wilma konsequent sonnig gestaltet. Nur ein paar blaue Tupfer bei den Kissen und der Bettwäsche beleben die Einrichtung. Hier atme ich immer frei. Ich könnte nie wie meine Eltern oder mein Bruder ständig im Ausland leben. Meine Wurzeln sind hier, obwohl ich auf dem Festland geboren bin. Ich habe Wilma mal gefragt, ob so etwas möglich ist. „Ja, natürlich," war ihre Antwort gewesen, „wahrscheinlich war deine Seele schon immer hier auf der Insel."

Jetzt bin ich also endlich wieder auf meiner Seeleninsel.

Wilma geht es verhältnismäßig gut, obwohl sie erschöpft ist, aber sich das auf keinen Fall eingesteht. Morgen werde ich erst mal Holz hacken und einige Dinge am Haus in Ordnung bringen. Aber gleich nach dem Tee muss ich eine Strandrunde mit ihrer Labradorhündin Bella einlegen. Sie hat sich sofort auf mich gestürzt und weicht mir nicht mehr von der Seite.

„Ach, ihr beiden, ihr tut meiner Seele so gut", kommt es von Wilma, ganz leise, mit erstickter Stimme. Ja, denke ich, nur keine Rührung aufkommen lassen, so sind die Insulaner.

Dann will Wilma aber genaues über die Insel vom Oberhirten wissen. Nach meiner Erzählung von der Schlammlawine und dass ich deswegen wieder keine Möglichkeit hatte, die Insel richtig kennenzulernen, meint sie: „Wer weiß, wofür das gut ist. Manchmal spielt da wohl jemand Schicksal." Sie zeigt mit großer Geste zum Meer, denn für die Insulaner ist das Meer wichtiger als der Himmel.

Am nächsten Tag, nach einer traumlosen Nacht, erledige ich für Wilma alles, einschließlich Holzhacken für den Kamin. Ein ausgedehnter Spaziergang am Strand mit Bella lässt mich wieder richtig ankommen. Immer wenn ich nach Bellas Meinung nach zu lange stehen bleibe, um in die unendliche Weite zu schauen, stupst sie an meiner Hand. Sie will rennen und spielen. Immer wieder muss ich ihren Ball werfen und sie jagt hinterher, wie der schwarze Blitz.

Am zweiten Tag bittet Wilma mich: „Geh bitte zum Friedhof und leg frische Blumen zum Todestag deiner Großeltern auf das Grab."

Beide waren im Abstand von fünf Jahren am selben Tag gestorben. Damals hatte Wilma gesagt: „Als wenn sie sich verabredet hätten, um uns die Pflege vom Grab leichter zu machen."

Bella und ich traben also zum Friedhof, den Arm voller Blumen aus Wilmas Garten. Nachdem ich sie in Vasen auf dem Familiengrab verteilt habe, schlendere ich über den alten Teil des Friedhofs. Hier wurde schon lange keiner mehr beerdigt. Nur alte Namen, fast alle von Fischern oder Kapitänen. Manche Steine schon halb eingesunken. Aber alle Gräber sind gepflegt und mit Blumen geschmückt. Bis auf ein Grab: Das große Familiengrab von der Familie Tönnsen ist völlig ohne jeglichen Schmuck, nicht eine Blume. Alles sieht verwildert aus.

Ich bin erstaunt, was hat es damit auf sich? Normalerweise pflegen die anderen Insulaner ein Grab mit, auch wenn keiner von der Familie mehr auf der Insel lebt. Warum hier nicht? Ich muss Wilma fragen. Ich stehe noch grübelnd an dem schmucklosen Grab, als die junge Frau von der Fähre aus der Kirche stürzt. Es macht den Eindruck, als wäre der Teufel persönlich hinter ihr her. Sie rennt über den Friedhof. Ich sehe noch ihre wehenden roten Haare und die gelbe Regenjacke und weg ist sie.

Ach, du lieber Gott, denke ich, als ich aus der Kirche stürze, da steht ja einer an unserem Familiengrab. Ich glaube, es ist der von der Fähre. Egal! Ich renne! Bloß erst einmal schnell hier weg! Das Erlebnis eben in der Kirche ist mir doch mächtig in die Knochen gefahren. In was für ein Wespennest habe ich da gestochen? Überall gucken die mich hier so komisch an und tuscheln. Ich muss zu Elsa und Christian. Nur gut, dass die beiden mich bei sich aufgenommen haben, nachdem ich vorgestern überstürzt hier auf der Insel angekommen war. Seit meiner Entlassung, von einer Stunde zur nächsten, bin ich völlig konfus.

Die Entlassung selbst hatte mich nicht geschockt, obwohl mein Arbeitsvertrag noch ein Jahr Laufzeit hatte, aber das Wie hatte mich schwer getroffen. Morgens war ich fröhlich im Verlag angekommen. Ich arbeitete bei einer Zeitung. Da sagte meine Kollegin zu mir: „Gesa, du sollst zum Chef kommen."

Ich hatte nicht den leisesten Schimmer, was mir bevorstand. Mein Chef stand sofort auf, als ich sein Büro betrat, nahm einen Briefumschlag von seinem Schreibtisch und drückte ihn mir mit den dürren Worten: „Wir müssen Sie entlassen", in die Hand. „Sie bekommen noch einen Monat Ihr Gehalt, aber ab sofort sind Sie beurlaubt!"

Peng, das saß! Ich stammelte: „Wieso, warum, was habe ich falsch gemacht?"

Er bekam einen roten Kopf und schüttelte ihn mehrmals. „Sie haben nichts falsch gemacht. Wir haben mehrere von unseren Anzeigenkunden verloren. Seit Herr Peters zur Konkurrenz gewechselt hat, sind ihm viele unserer Kunden gefolgt. Wer weiß, was der Peters ihnen alles verspricht. Aber bis sie merken, dass auch da nur mit Wasser gekocht wird, müssen wir einsparen. Sie sind nur die Erste, die gehen muss."

Ich konnte nur eins denken: Weg hier, nur weg. Tante Neles Insel fiel mir ein, von der sie immer sagt: Es ist der einzige Ort, wo man wieder zu sich selbst finden kann. Ich musste hin. Zu Hause schmiss ich ein paar Kleidungsstücke in meine Reisetasche und fuhr los. Gerade noch rechtzeitig erwischte ich die letzte Fähre.

Meine Vorfahren haben schon auf der Insel gelebt, auch Tante Nele und Oma Mine. Als kleines Kind war ich auch für zwei Jahre auf der Insel, aber ich kann mich nicht mehr daran erinnern. Mein Vater ist der Bruder von Tante Nele. Er ist schon früh von der Insel weg. Er fährt als Kapitän zur See. Meine Eltern sind damals nach Hamburg gezogen, weil es für meinen Vater einfacher war, uns da zu besuchen.

Als ich drei Jahre alt war, brachte mich meine Mutter auf die Insel zu Oma Mine, Opa Paul und Tante Nele. Sie selbst flog zu meinem Vater, der gerade auf der Südamerikaroute fuhr. Sie konnte einige Wochen an Bord mitfahren. Zurück kam sie mit hohem Fieber und wurde gleich ins Tropenkrankenhaus eingeliefert.

Die Ärzte konnten ihr nicht mehr helfen. Von Tag zu Tag wurde sie weniger. Tante Nele fuhr sofort zu ihr. Sie war auch diejenige, die die Bestattung organisierte. Mein Vater schaffte es gerade noch rechtzeitig zur Trauerfeier.

Ich blieb danach noch zwei Jahre auf der Insel. Alle schrecklichen Ereignisse, die damals dann passierten, wurden von mir ferngehalten. Ich erinnere mich nur, dass viel geweint wurde und mein Opa Paul sehr krank war. Gleich nach seiner Beerdigung sind Oma Mine und Tante Nele mit mir in unsere Hamburger Wohnung gezogen.

Zur Beerdigung von Opa Paul konnte mein Vater nicht kommen. Als er dann endlich wieder in Hamburg eintraf, wurde hinter verschlossenen Türen viel getuschelt. Nur einmal wurde mein Vater laut, „Irgendwann werden die Insulaner dafür bezahlen."

Dann wieder lautes Weinen von meiner Tante und Oma. Sie konnten sich nicht beruhigen. Mein Vater schrie: „Wir müssen zusammenhalten. Für mich sind sie alle gestorben. Ihr bleibt hier auf dem Festland, mit Gesa."

Ich, mit meinen fünf Jahren, konnte das alles nicht einordnen. Wer war gestorben? Wieso schon wieder jemand? Ich setzte mich direkt hinter die Tür und heulte laut los.Erst da sind die Erwachsenen zur Besinnung gekommen und haben gemerkt, dass sie sich um das Kind kümmern müssen.

Und sie haben es gut gemacht. Ich war der Mittelpunkt in ihrem Leben. Verhätschelt wurde ich nicht, das ist gegen die Natur der Insulaner. Sie ließen mich an langer Leine laufen, aber unterstützten mich, wo sie konnten. Mein Vater sorgte für uns alle. Er war der Einzige, der mich verwöhnte, wenn er mal Landurlaub hatte. Aber er bläute mir auch ein: Mach dich unabhängig. Lerne, soviel du

lernen kannst, du tust es für dich. Studiere!
Was, das war ihm egal. Ich hätte alles
studieren dürfen. Für mich kam aber nur
Kommunikationswissenschaft in Frage.

Mich interessierte am meisten, wie ich am
besten mit den Menschen in Kontakt treten
kann. Wie haben es die Menschen früher
geschafft, über lange Distanzen und Zeit
miteinander verbunden zu bleiben, ohne
technische Hilfsmittel? Was heute kaum mehr
vorstellbar ist, wo man mit Handy und Internet
immer erreichbar ist.

Jetzt, mit sechsundzwanzig Jahren, wohne
ich in Lübeck und, bis vorgestern fühlte ich
mich stark und unverwundbar. Dass ich aus
meinem ersten Job rausgeschmissen wurde,
ohne dass ich mir etwas hatte zuschulden
kommen lassen, verunsicherte mich total.
Aber wir von der Familie Tönnsen fallen nicht
beim ersten Wind um. Wir kämpfen und auf
der Insel würde mir schon etwas einfallen. Da
würde mein Kopf wieder klar werden..

Das war also der Grund, warum ich vor zwei Tagen von der Fähre gewankt war, erschöpft von der Schaukelei und dem Wind. Mir war immer noch übel gewesen, als ich mich gleich am Anleger auf eine Bank setzte. Ein wenig ausruhen und überlegen, wie es weiter gehen soll, waren meine Gedanken.

Und dann waren plötzlich Elsa und Christian da. Fast jeden Tag kämen sie zum Anleger, erklärten sie, um auf der Bank zu sitzen, auf der jetzt ich saß. Sie nahmen mich in die Mitte. Ein paar Brote und Kaffee hatten sie dabei und fütterten mich gleich wie ein aus dem Nest gefallenes Vögelchen. Ich fühlte mich sicher und wohl in ihrer Mitte.

Elsa erzählte mir gleich von sich und ihrer Familie. Christian ist eher der schweigsame Typ. Sie waren jetzt vierzig Jahre miteinander verheiratet und hatten vier Kinder, die alle auf dem Festland lebten.

Als Elsa mich fragte: „Willst du hier jemanden besuchen?", konnte ich nur den

Kopf schütteln. Mir saß ein dicker Kloß im Hals. Und plötzlich liefen die Tränen.

Verdammt, die ganze Zeit hatte ich nicht geheult, und gerade jetzt vor Fremden. Ich erzählte ihnen kurz von der Kündigung. „Nun muss ich mir erst mal den Kopf frei pusten lassen und zur Ruhe kommen."

„Dann komm doch einfach mit zu uns, das Haus ist groß genug", hatte Elsa gesagt.

Christian hatte die ganze Zeit mit dem Kopf genickt. Nun stand er auf und sagte barsch: „So, nun aber los. Beeilung! Sonst bekommen wir den Regen noch auf die Mütze." Denn vom Westen zogen dicke schwarze Wolken heran.

Ich gab jede Ambition auf, die Starke zu spielen, im Moment musste ich ja nichts entscheiden. Also ging ich erleichtert mit den beiden mit.

Beim Weggehen sah ich kurz noch einmal den Mann, der sich mir auf der Fähre als Sven vorgestellt hatte.

Nach dem Genuss einer kräftigen Kartoffelsuppe mit Krabbeneinlage schlief ich sofort ein. Mitten in der Nacht wurde ich wach und wusste im ersten Moment nicht, wo ich war. Dann tappte ich leise die Treppe hinunter, um mir etwas zum trinken zu holen.

Als ich am Schlafzimmer der beiden vorbei kam, hörte ich, wie Elsa aufgeregt auf Christian einredete. „Was will sie denn nur hier? Ich habe sie gleich erkannt, sie sieht genauso aus wie Ihre Tante. Du weißt, was die Luet hier damals alles mit ihr angestellt haben."

Die Stimme von Christian war sanft und klang beruhigend: „Sie weiß bestimmt nichts davon, es ist sicher ein Zufall."

„An Zufälle glaube ich nicht. Ich will das alles nicht noch einmal erleben. Ich werde sie im Auge behalten, basta!!! Wenn ich nur daran denke, was passieren kann, bekomme ich Angst." Elsas Stimme war zum Schluss schrill geworden und sie schluchzte.

Jetzt war ich neugierig - was hatte das alles mit mir zu tun? Aber alles hat seine Zeit und für diese Fragen würde sie erst morgen sein, entschied ich, nicht heute Nacht. Ich würde schon heraus finden, was da los war.

Beim Frühstück versuchten beide, mich ganz unauffällig auszufragen. Aber ich wusste nichts über unsere Familiengeschichte, gar nichts, und konnte das frisch und frei sagen. Ich spürte, dass sie mir glaubten, und ermahnte mich selbst: Sei vorsichtig bei deinen Erkundungen, halt den Ball flach.

Als erstes ging ich, mir einen Ostfriesennerz zu kaufen, denn es war Schietwetter. Im Laden kam ich mit der Verkäuferin ins Gespräch, natürlich wegen des Wetters. „Ach", meinte die etwas gelangweilt, wahrscheinlich sagte das jeder zweite Tourist zu ihr, „hier kann schon die Sonne scheinen. Aber es ist doch auch bei diesem Wetter schön. Und sich mal richtig durchpusten zu lassen, ist sehr gesund."

Als die Chefin, eine ältere Dame, dazu kam, meinte sie zu mir: „Ich kannte Ihre Familie" und grinste mich komisch an.

Das gleiche passierte mir noch ein paar Mal in anderen Geschäften. Entweder komisches Gegrinse oder ein erstauntes Hochziehen der Augenbrauen. Was war hier los? Das war doch keine normale Reaktion!

Am nächsten Tag war das Wetter schön, hier konnte also wirklich die Sonne scheinen. Ich wanderte zur Kirche und zum Friedhof. Es gab einen alten Teil, wo die Kapitäne, die auf Walfang gefahren waren, beerdigt waren. Schon damals tauchte der Name unserer Familie auf. Die Grabstellen waren imposant und alle mit Blumen bepflanzt und sehr gepflegt. Nur auf unserer Grabstelle gab es nicht eine einzige Blume, nur Unkraut wucherte, was mich doch sehr erstaunte. Gehörte es nicht zur Tradition, auch fremde Gräber mit zu pflegen, wenn keine Familie mehr auf der Insel lebte?

Kopfschüttelnd, tief in Gedanken, ging ich in die Kirche. Gotik, eher rustikal in der Ausführung, innen wenig Schmuckelemente, aber die bunten Glasfenster waren eine Sensation. Die Sonnenstrahlen schienen hell auf den Fußboden. Die Luft flirrte und der Staub tanzte in Regenbogenfarben.

Die Sonne blendete mich, dadurch bemerkte ich nicht, dass ich nicht alleine war. Auf einmal stürzte eine dunkle Gestalt auf mich zu und fuchtelte wild mit den Händen. Streckte mir zwei Finger entgegen und schrie gleichzeitig völlig hysterisch: „Raus, raus mit dir, du Teufelsbrut."

Ich bekam eine Gänsehaut, war der Mann verrückt? Es war wohl der Küster, aber warum tickte er so aus, was war hier los?

Vorsichtig ging ich rückwärts, er mit wedelnden Armen immer hinterher. Er hatte große Ähnlichkeit mit einer Krähe, die mit den Flügeln schlägt. Ich hatte den Eindruck, gleich spuckt er Feuer. Was sollte das Ganze?

Durfte der Mann sich so aufführen? Das hier war doch schließlich eine Kirche. Und was sollte das überhaupt heißen, Teufelsbrut?

Endlich hatte ich den Ausgang erreicht. Bevor ich die Kirche verließ, machte ich laut *„Buh"* und streckte ihm auch zwei Finger entgegen. Dann rannte ich los, quer über den Friedhof zur Straße. Mir war es völlig egal, dass der Mann an unserem Familiengrab das vermutlich sehr befremdlich fand.

Außer Atem, zitternd und erschöpft kam ich bei Elsa und Christian an. Elsa nahm mich in den Arm und fragte aufgeregt: „Was ist los mit dir?"

Mühsam nach Atem ringend sagte ich: „Ich lege mich einen Moment hin, aber danach muss mit euch reden."

Es dauerte einige Zeit, bis ich mich beruhigt hatte und zu den beiden runter gehen konnte.

„So, jetzt Butter bei die Fische", sagte ich, setzte mich an den Küchentisch und erzählte, was mir seit gestern auf der Insel passiert war. Auch was ich in der Nacht von ihrem Gespräch gehört hatte, verschwieg ich nicht.

Die beiden saßen eng nebeneinander auf dem Küchensofa und hielten sich an den Händen. Christian räusperte sich verlegen.

„Wir haben nicht erwartet, dass die Leute nach so langer Zeit immer noch so verrückt sind", meinte er. „Weißt du, du siehst genauso aus wie deine Tante, Du hast auch diese roten Haare und die Sommersprossen. Deine Tante war eine tolle Frau und hat viel für die Insel getan. Sie hat den Kindern das Musizieren beigebracht, zuerst privat, später hat sie als Lehrerin an der Schule gearbeitet. Sie hat Tanzkurse für Jugendliche und Erwachsene veranstaltet und immer hatte sie gute Laune. Dann bekamen wir einen neuen Pastor, einen jungen, netten und auch noch gut aussehend. Die beiden haben sich gut verstanden. Sie haben oft zusammengesessen."

„Ganz klar", sagte Elsa, „ beide hatten Visionen, was man auf der Insel noch alles veranstalten könnte, damit auch die jungen Leute Spaß hätten und auf der Insel leben wollten. Da war von Theatergruppe bis Yoga alles im Gespräch und sie saßen oft zusammen und planten. Aber da gab es noch eine andere, Dorle hieß sie", die Stimme von Elsa wurde richtig wütend.

„Einige Jahre jünger als Nele. Und Dorle wollte den Pastor, um jeden Preis. Mit allem Drum und Dran, Hochzeit und Kind, so stellte sie sich das vor. Sie als Pastorenfrau, das hätte ihr gefallen. Aber der Pastor wollte sie nicht, der wollte gar keine. Damit konnte ja keiner rechnen. Wie sich nachher herausstellte, war er dem männlichen Geschlecht mehr zugetan. Aber das wussten die Leute erst viel später, als alles vorbei war. Ich glaube, sonst wäre es nie so weit gekommen." Elsas Stimme war jetzt leise und erstickt. Sie wischte sich Tränen weg..

Christian erzählte leise weiter. „Dorle hat es nicht gefallen, dass der Pastor sie nicht wollte, und es sind ihr einige gemeine Gedanken gekommen. Sie erzählte überall herum, Nele hätte den Pastor verhext. Nackt sei sie um ihn rum gesprungen. Als Beweis zeigte sie zwei Fotos, wo die beiden die Köpfe zusammen steckten. Aber nicht nackt und bei ihren Planungen steckten sie oft die Köpfe zusammen.

Leute, die gern tratschten und neidisch waren auf alles, sind aber schnell auf diesen Zug gesprungen. Überall tauchten Schmierereien wie Hexe und Teufelsweib auf. Oma Mine und Nele wurden geschnitten und viele wechselten auf die andere Straßenseite, wenn sie sie sahen. Am Anfang waren es nur die Klatschtanten, die Stimmung machten. Aber es wurden immer mehr. Auch die Männer, die am Anfang noch sagten: 'Ach, lass mich damit in Ruhe', wagten nicht mehr, ihren Frauen zu widersprechen. Wenn man sie fragte, murmelten sie nur in ihre Bärte: „Irgendetwas wird schon dran sein, kein Rauch ohne Feuer."

Christian fuhr fort: „Ja, so lief das damals, keiner ging mehr in die Kirche. Nur ein paar ganz alte Frauen. Die Blumen aus den Beeten vor der Kirche haben sie raus gerissen und sind darauf herumgetrampelt. Es war fürchterlich, alle waren total verrückt. Zum Glück bekam dein Opa Paul nichts mehr mit, dachte man. Er war schon bettlägerig und halb weg von dieser Welt und direkt zu ihm zu gehen, das traute sich nun doch keiner.

Der Höhepunkt war dann, dass Dorle behauptete, Nele wäre schwanger vom Pastor. Was natürlich nicht stimmte, aber das war allen egal und es wurde noch schlimmer. Dann haben sie im Vorgarten deiner Großeltern eine Strohpuppe verbrannt. Da war das Maß voll! Gleich nach Opa Pauls Beerdigung verließen Nele, deine Oma und du die Insel. Da warst du schon zwei Jahre bei deinen Großeltern gewesen und Nele hatte sich ganz lieb um dich gekümmert. Auch der Pastor ging, er hatte um Versetzung gebeten. Alles beruhigte sich. Dorle heiratete den Schlachter, nicht ganz so fein wie ein Pastor, aber sie ist sooo glücklich."

Ungläubig fragte ich: „Aber das ist doch schon so lange her, glauben die Insulaner denn immer noch an Hexen und den ganzen Spökenkram?"

„Nachdem du aufgetaucht bist, stand ihnen alles wieder vor Augen, was damals geschah. Ein schlechtes Gewissen hat hier fast jeder."

„Oh, wie schrecklich" entfuhr es mir. „Arme Tante Nele. Was haben sie und Oma Mine alles durchgemacht. Sie haben nie darüber gesprochen. Ich erinnere mich allerdings an lange Gespräche und Weinen, hinter verschlossenen Türen, mit meinem Vater."

Elsa und Christian waren während ihrer Erklärung immer weiter zusammen gerückt und saßen mittlerweile so eng zusammen, dass kein Blatt Papier dazwischen gepasst hätte. Ich kniete mich vor die beiden hin und sagte: „Ich fühle mich bei euch wie ein Vögelchen im Nest. Ich weiß, dass ihr mich beschützt."

„Ach, hör auf", sagte Elsa und wischte sich ein wieder Tränen aus den Augen.

Ich fuhr fort: „Aber ich habe eine Bitte, ich möchte Tante Nele fragen, ob sie auf die Insel kommen mag. Damit wir es allen zeigen können und endlich dieses dumme Gerede und der Spökenkram aufhört. Es ist schließlich eine neue Zeit. Klingt das für euch vernünftig und darf ich solange bei euch wohnen bleiben?"

„Ja, natürlich und dann wohnt ihr doch am besten beide bei uns," kam es wie aus einem Mund.

„Aber gerne, ich weiß, Tante Nele wird damit einverstanden sein!"

*

Heute ist meine Tante auf der Insel angekommen. Obwohl sie zuerst partout nicht wollte. Sie sträubte sich mit Händen und Füßen. Alle möglichen Argumente führte sie an. Nie wieder wollte sie einen Fuß auf diese Insel setzen. Auch ginge es ihr gesundheitlich nicht so gut. Ihr Herz würde die Aufregung nicht vertragen. Sie habe es meinem Vater versprochen, dass die alle für sie gestorben seien.

„Aber wir müssen uns doch dagegen wehren. Einmal muss doch Schluss sein mit den Lügen", waren meine Argumente.

Da meinte sie endlich: „Ja, ich glaube, du hast Recht, es wird Zeit, es allen zu zeigen. In zwei Tagen bin ich da."

Wir holten sie vom Anleger ab. Christian, Elsa und ich, mit einem dicken Blumenstrauß. Dann sind wir demonstrativ zur Bäckerei gegangen, alle vier, um Kuchen zu kaufen. Obwohl der Kuchen von Elsa viel besser schmeckt. Aber die Verkäuferin ist eine

Freundin von Dorle, die mit dem Schlachter verheiratet ist. So würde es am schnellsten die Runde machen, dass Nele wieder da ist, hatte Elsa gemeint.

In den Tagen darauf haben wir viele Spaziergänge unternommen. Einige der Inselbewohner haben uns nur stumm angeglotzt, aber es gab auch welche, die mutiger waren und uns ansprachen. Sie versicherten uns, es täte ihnen leid, was damals passiert wäre.

Das war eine Wohltat für meine Tante.

Oft besuchten wir den Friedhof, wir pflanzten Büsche und Blumen auf das Familiengrab und scheuerten die Grabsteine sauber. Bei Tante Nele liefen viele Tränen. „Ich werde die Urne von Mine hier beerdigen lassen. Jetzt können sie sich nicht mehr querstellen."

An einem Tag, wir stellten gerade ein paar ewige Lichter auf, sah ich zwei Grabstellen weiter Sven, den Mann von der Fähre. Ich hatte Elsa und Christian ein wenig über ihn ausgefragt. Er wäre Inselforscher, erfuhr ich, und gerade zu Besuch bei seiner Tante Wilma, die sich den Knöchel gebrochen hätte. Ich fand seinen Einsatz toll. Sven kam zu uns herüber, schaute auf mich, dann auf das Grab und wieder auf mich. „Wie schön alles geworden ist." Ich merkte, wie ich rot anlief.

Ruhig fuhr er fort: „ Meine Tante hat mir alles erzählt von damals. Wir würden sie gern zum Kaffee zu uns einladen. Sagen sie, wann es ihnen passt."

Sein großer schwarzer Hund hatte sich direkt neben mich gesetzt und stupste ab und zu meine Hand an. Ein schöner Hund, sein schwarzes Fell glänzte und seine Augen waren unverwandt auf mich gerichtet. „Sie heißt Bella, sie mag Sie, sie sucht sich nur Menschen, die ihr gefallen. Andere guckt sie nicht an. Die können locken und ihr mit Leckerlis vor der Nase wedeln, das interessiert sie nicht." Ich hatte den Eindruck,

Sven schaute mich ebenso begeistert an, wie Bella mich.

„Wir kommen gern", sagte meine Tante, „wir bringen den Kuchen mit, damit Ihre Tante nicht auf die Idee kommt, zu backen." Wir verabredeten für Samstag einen Termin.

Auf dem Heimweg sagte meine Tante: „Der hat dich ganz verliebt angeguckt und der Hund erst."

„Ach was, du täuschst dich. Außerdem, im Moment könnte ich mich sowieso nicht auf ihn einlassen, erst mal muss ich mein Leben wieder auf die Reihe bekommen. Dann schaue ich ihn mir gerne genauer an."

Aber auch wenn ich so tat, als würde er mich vollkommen kalt lassen, hatte ich in Svens Gegenwart heftiges Herzklopfen gespürt. Ein völlig neues Phänomen bei mir, genauso wie dieses Flattern in der Magengrube.

Am nächsten Morgen greife ich mir das Fahrrad und fahre los. Einfach nur fahren, ohne Ziel und Zeit. Gegen den Wind mit dem Wind gerade so, wie es kommt. Auf einer Bank, die am Rand der Dünen steht, lege ich eine Pause ein. Es ist eine alte Bank. Ich überlege, was muss diese Bank schon alles erlebt haben. Ich atme tief ein, ein Geschmack von Salz liegt auf meiner Zunge. Auch heute würde es wieder ein sonniger Tag werden, der Himmel zeigt ein leuchtendes Blau, mit fliegenden Wolken. Es ist noch früh am Tag, die meisten Strandkörbe sind noch verschlossen. Die Wolken animieren mich, die Arme weit auszubreiten und zum Wasserrand zu laufen. Ich fühle die sanften Wellen, die sich um meine Füße kräuseln. Ich komme mir vor wie der einzige Mensch auf der Welt. Es ist eine reine, frische Stimmung und ich habe das Bedürfnis zu singen. Warum eigentlich nicht? Es ist ja keiner da, der „o Gott, o Gott" sagen könnte, weil ich so falsch singe

Ich falle in einen leichten Trab, meine Schritte sind leicht, fast tänzerisch, und mein

Gesang mehr ein Brummen. Meine leichte rote Jacke, sie hat fast die gleiche Farbe wie die Strandkorbmützen, halte ich wie ein Segel. Der Wind fährt hinein und es knattert laut. Er hat aufgefrischt, es ist so angenehm, ihn auf der Haut zu spüren. So müsste jeder Morgen beginnen. Ab und zu bücke ich mich nach einer Muschel oder einem schönen Stein. Wobei die Steine meistens nur nass interessant sind. Aber ich kann nicht widerstehen, den einen oder anderen in meinen kleinen Beutel zu stecken.

Die Sonne scheint mir jetzt fast direkt ins Gesicht. Ich muss die Augen mit der Hand abschirmen, sonst sehe ich nichts. Sonnenbrille vergessen, selbst Schuld, denke ich. Ich bleibe einen Moment ruhig stehen, schließe die Augen und atme tief durch. Ich habe die Erfahrung gemacht, wenn ich die Augen einen Moment schließe und zur Ruhe komme, sehe ich hinterher wieder besser. Vorsichtig öffne ich die Augen und blinzle den

Strand entlang. Was ist das? Da kommt ein Hund, ein großer Hund. Ohne Herrchen und ohne Leine. Voller Übermut, so scheint es, kommt er direkt auf mich zu gerannt. Nein, will ich schreien, nicht anspringen. Da erkenne ich, es ist Bella, der Hund von Sven.

Dann kann er doch auch nicht weit sein, denke ich. Bella hat sich vor mir in den Sand geworfen und aalt sich auf dem Rücken. Demonstrativ streckt sie mir den Bauch hin, als wenn sie sagen will, los, nun streichle mich, da ich mag es am liebsten. Natürlich tue ich ihr den Gefallen, denn ich mag Hunde sehr und mit den meisten verstehe ich mich blind.

In einiger Entfernung sehe ich Sven heran traben. Er ist aus der Puste, als er bei uns ankommt. „Sie hat nur die Ohren angelegt und ist weggesaust. Kein Rufen oder Pfeifen hat etwas geholfen. Ziemlich ungewöhnlich. Sie hat dich gewittert. Schön, dich hier zu treffen, gehen wir ein Stück zusammen?"

Das alles kommt ohne Punkt und Komma aus ihm heraus. Sein Gesicht ist gerötet, und er schnauft immer noch leicht. In seinen Augen - oder bilde ich mir das nur ein? - ist ein freudiges Funkeln zu sehen. Ich jedenfalls freue mich und spüre wieder dieses komische Flattern im Magen. Ach was, versuche ich mir einzureden, das kommt nur davon, weil du so wenig zum Frühstück gegessen hast.

Wir laufen nebeneinander, mit der gleichen Schrittlänge und gleichem Rhythmus, als wenn wir das geübt hätten. Wir haben nicht gemerkt, wie die Zeit vergeht, bis plötzlich ein lautes Magengrummeln bei mir signalisiert: Essenszeit.

„Oje, ich muss zu Elsa und Christian. Heute gibt es Bratheringe und die sollte man nicht warm halten, denn aus der Pfanne schmecken sie am besten, sagt Elsa."

„Ja, da hat sie Recht", stimmt mir Sven zu. Er begleitet mich noch zu meinem Fahrrad. „Diese Bank ist für mich der schönste Fleck auf der ganzen Insel. Schon als Junge habe ich hier von der weiten Welt geträumt. Wie schön, dass du sie gefunden hast."

„Vielleicht hat sie ja auch mich gefunden", sage ich keck.

„Ja vielleicht", kommt es gedehnt. „Wollen wir morgen wieder zusammen den Strand lang laufen? Ich bin auf jeden Fall da und Bella würde sich freuen."

„Na ja, wenn Bella sich freuen würde, müssen wir das wohl machen. Dann bis morgen, selbe Zeit."

Ich schwinge mich auf das Fahrrad und trete kräftig in die Pedale, damit er nicht mein Honigkuchengrinsen sieht. Bis morgen, bis morgen, jubele ich innerlich und frage mich gleichzeitig, bin ich denn total plemplem? Was will ich denn von Sven? Wenn er nicht auf Reisen ist, lebt er in Hamburg und ist oft hier auf der Insel bei seiner Tante. Bin ich verliebt? Nein, nein, ich bin nicht verliebt! Das geht ja gar nicht. Völlig unmöglich! Ich muss mir

Arbeit suchen und das geht nur auf dem Festland. Was sollte ich hier finden, mit meiner Ausbildung.

Nein, nein, schlag dir das aus dem Kopf, schimpfe ich mit mir.

Zum Essen komme ich etwas spät, die ersten Heringe sind schon verspeist. Elsa steht immer noch am Herd und ist fleißig dabei, weitere Heringe zu braten. Meine Tante sitzt am Tisch, in ihren Augen glitzern schon wieder Tränen, dabei lächelt sie glücklich. „Ach", seufzt sie, „jeder Bissen ein Stück Heimat."

Ich schaue sie forschend an: „ Würdest du gern wieder zurückkommen und hier leben?"

„Ja, seit ich hier bin, geht mir der Gedanke nicht aus dem Kopf. Ich muss mit dem Mieter von unserem Haus sprechen. Aber ich will nicht vorgreifen. Morgen Nachmittag gehe ich mal vorbei." „Dann komme ich mit, ich möchte das Haus unbedingt sehen. Ich kann mich überhaupt nicht mehr daran erinnern."

„Du warst auch viel zu klein und es waren
ja auch nur zwei Jahre. Sicher muss einiges
investiert werden. Denn auf ein modernes
Badezimmer möchte ich heute nicht mehr
verzichten. Aber wir werden sehen."

Sven

Ich schaue Gesa hinterher und frage mich, wie ist es möglich, so viel Unsinn zu reden? Von wegen Bella würde sich freuen. Warum sage ich nicht einfach, ich würde mich freuen? „Schau dir diesen verrückten Kerl an", erzähle ich Bella. „Traut sich nicht, direkt zu fragen. Sonst bin ich doch auch nicht so schüchtern", vertraue ich ihr an, „aber diese Gesa bringt mich total durcheinander." Bella schaut mich mit ihren großen, dunklen Augen an und wedelt.

„Na, dann komm, gehen wir zu Wilma. Morgen sehen wir Gesa ja schon wieder."

Auf dem Nachhauseweg erwische ich mich bei kleinen Hopsern. Nein, nein, das ist unmöglich. Du bist nicht verliebt, sage ich mir. Du kennst sie ja überhaupt nicht.

Am nächsten Morgen warte ich an der alten Bank auf Gesa. Während unseres Strandspaziergangs erzählt sie mir, dass sie am Nachmittag zum Haus von Tante Nele gehen. Eventuell wird ihre Tante auf die Insel zurückkommen. Die ganzen Jahre hätte sie Heimweh verspürt.

„Das würde mich freuen", sage ich, „dann bist du sicher oft bei ihr zu Besuch."

„Das kann ich jetzt noch nicht sagen. Erst einmal brauche ich einen neuen Job", sagt sie mit energischer Stimme. „Wo, das ist mir egal. Ich kann auch in Bayern arbeiten oder im Ausland. Aber für Urlaub ist die Insel schön. Ob ich auf einer Insel leben könnte, da bin ich mir nicht sicher. "

Sie hat ja Recht, denke ich, sie ist noch so jung und hat noch nichts von der Welt gesehen. In ihrem Alter wollte ich Abenteuer erleben und nicht auf einer Insel versauern. Erst jetzt, wo ich langsam auf die Vierzig zugehe und den Dozentenposten habe, denke ich daran, mir einen festen Wohnsitz zu suchen. Ich wünsche mir eine Heimat. Was bilde ich mir eigentlich ein? So schön und unwiderstehlich bin ich auch nicht. Sie könnte jeden haben. Aber da ist dieses Ziehen in mir, wenn ich sie sehe. Schon wenn ich nur an sie denke, macht mein Herz Luftsprünge. Sie ist eine tolle Frau und weiß genau, was sie will. Ich möchte sie so gerne näher kennen lernen. Ich darf mir das nur nicht so anmerken lassen, sonst denkt sie noch, ich sei komplett verrückt. Aber sie hat mich so prüfend angeschaut, als ich sagte, ich würde mich freuen.

Ich begleite Gesa noch zur Bank und schaue ihr hinterher. „Bis morgen", ruft sie und saust weg.

„Ja, bis morgen", murmele ich. Laut sage ich zu Bella: „Freu dich, wir sehen Gesa morgen."

Ihre Antwort wie üblich, Schwanzwedeln.

Im Garten von Tante Neles Haus überkommt mich eine diffuse Erinnerung. Hier gab es eine Schaukel. Ich weiß auch wo. Wie an einem Band gezogen steuere ich in den hinteren Teil des Gartens.

Da sind große Apfelbäume. Und da, ich kann es kaum glauben, hängt eine Schaukel an ihren Ketten. Das Brett sieht nicht sehr vertrauenerweckend aus, aber ich kann nicht widerstehen und setze mich vorsichtig drauf. Es knarrt ein wenig, aber es trägt mich. Leicht stoße ich mich ab.

Jetzt erinnere ich mich wieder, wie Tante Nele und meine Oma mich immer angeschubst haben. Opa Paul saß auf der Terrasse, dick eingemummelt in zwei Decken, und sagte: „Nicht so hoch, das ist gefährlich." Aber ich konnte nicht genug bekommen und schrie „Höher und höher."

Tante Nele ist inzwischen mit der Mieterin im Haus verschwunden. Deren Ehemann, ein pensionierter Postbeamter, ist vor neun

Monaten gestorben. Er hatte sich damals, vor fünfzehn Jahren, wegen seines Asthmas auf die Insel versetzen lassen. Ihre Kinder leben inzwischen auf dem Festland. Nur die Frau konnte noch nicht loslassen. „Die schönste Zeit meines Lebens habe ich hier mit meinem Mann verbracht. Aber so langsam wird es Zeit zu akzeptieren, dass ich an mich und meine Zukunft denken muss", sagt sie zu meiner Tante. „Jetzt, wo sie selber wieder hier einziehen möchten, fällt es mir nicht so schwer. Manchmal braucht es diesen Druck von außen."

Sie zeigt stolz, was sie alles im Haus erneuert und eingebaut haben. Die Miete war absichtlich niedrig gehalten, denn Oma Mine war wichtiger als das Geld, dass alles von den Mietern gut gepflegt wurde. Als wenn sie geahnt hatte, dass die Familie irgendwann zurückkommen würde.

„Viel ist nicht zu renovieren", sagt Nele, „ihr Mann muss handwerklich sehr geschickt gewesen sein. Und der Garten, alles ist so schön gepflegt."

„Ja, das ist auch ein Grund, weshalb ich gehen muss, an jeder Ecke schaut mich etwas an, was er gebaut hat. Wir hätten uns auch um das Grab ihrer Familie gekümmert, aber das wollte ihre Mutter nicht. Sie sollen ihre Schande immer sehen, hat sie gesagt."

Die beiden einigen sich auf den September als Auszugstermin. So ist für beide Seiten noch genug Zeit, um alles zu regeln. Zum Abschied umarmen sie sich mit Tränen in den Augen.

„Ich brauche jetzt ein stilles Plätzchen," platzt es aus Tante Nele heraus, als wir weggehen. „Die Erinnerung an damals ist doch sehr stark. Ich weiß gar nicht, wie wir das alles ausgehalten haben."

„Ich zeige dir meine Lieblingsbank", kommt es von mir. „Auch bei mir sind Bilder aufgetaucht, die ich nicht einordnen kann. Ich war doch noch so klein. Wie kann ich denn davon etwas wissen. Es ist sehr verschwommen. Lass uns darüber reden. Ihr habt nie mit mir darüber gesprochen."

Auf dem Weg zur Bank reckt meine Tante immer wieder den Kopf hoch und atmet tief ein. „Hier gab es früher wilde Rosen und Katzenminze. Immer lag ein besonderer Duft in der Luft. Auf der Bank hier habe ich oft mit meinen Freundinnen gesessen. Wir haben sie die Duftbank getauft. Später saß ich hier mit meinem Verlobten, wir kannten uns aus Kindertagen. Er war Funker und ist auf See geblieben. Die Gefahr war mir bewusst, aber ich hatte keinen anderen haben wollen. Ich hätte immer nur Vergleiche angestellt und das wäre nicht fair gewesen. Bewerber gab es genug. Aber diesen großen, blonden, starken Mann, in den ich mich verliebt hatte, den gab es nur einmal. Sven hat übrigens eine große Ähnlichkeit mit ihm."

Wir sitzen lange auf der Bank. Immer wieder streichelt meine Tante über das Holz.

Sie erzählt mir, als es damals wirklich schlimm wurde mit der Hetzerei, da hätten sie jede Nacht Wache gehalten. In den Nächten wäre das Gegröle vorm Haus ganz fürchterlich gewesen.

Oma Mine hätte bei Opa Paul am Bett gesessen und Tante Nele bei mir. Sie hätten nicht gewollt, dass wir etwas mitbekämen. Sie wären überzeugt gewesen, dass Opa Paul, der schon halb auf der anderen Seite gewesen wäre, das alles nicht mehr mitbekommen hätte. Aber an seinem Todestag hätte er zu Mine gesagt: „Geht von hier weg, so schnell ihr könnt. Wer weiß, wozu dieses Pack noch fähig ist. Ich schäme mich für meine Insulaner."

Ich wäre in dieser Zeit oft nachts aufgewacht, erzählt mir Nele, aber sie hätte mich immer schnell wieder beruhigen können. Nur in der Nacht, als sie die Strohpuppe im Garten angezündet haben, hätte ich laut geweint.

„Jetzt kann ich mir auch erklären, warum ich so oft von Feuer träume. Dieses Trauma sitzt noch tief in mir. Aber das lasse ich nicht mehr zu. Ich betrachte die Sache als erledigt. Diese gemeine Bande, die das damals gemacht hat, darf uns nicht mehr quälen. Am Ende sind wir die Starken." Ich umarme Tante Nele fest, es ist ein Versprechen.

Am Sonntag bei Wilma am Kaffeetisch erkläre ich, dass ich nächste Woche nach Lübeck fahren würde, um meine Wohnung zu kündigen und zu räumen. Da ich sie möbliert gemietet hätte, müsse ich nur meine persönlichen Sachen packen. Ich würde in unsere Hamburger Wohnung ziehen, zu Nele, wenngleich wir nicht lange dort gemeinsam wohnen würden, weil Nele im Herbst auf die Insel zurückziehen würde. Ich sei sicher, dass ich in Hamburg gute Möglichkeiten hätte, einen neuen Job zu finden. Außerdem könne ich von da aus auch schnell auf der Insel sein, um Nele auf der Insel zu besuchen.

Großes Erstaunen bei Christian und Elsa, die mit zu Wilma gekommen sind.

Mit Nele hatte ich das alles schon besprochen. Sie freut sich, dass ich wieder bei ihr einziehe, und sei es auch nur für kurze Zeit. Noch mehr freut sie sich aber darauf, ihr Alter auf der Insel zu verbringen. Ihr Herz war immer da. Einmal Insulaner, immer Insulaner.

Ich werde meine Tante Nele sehr oft auf der Insel besuchen. Sven und Bella haben mich so traurig angeschaut, als ich sagte, ich wüsste noch nicht, wie ich oft auf die Insel kommen würde. Und ich muss herausfinden, warum mein Herz wie verrückt klopft, wenn ich nur an Sven denke. Aber erst mal einen Job suchen, und dann sehen wir weiter.

*

Heute fühle ich mich toll. Toll, toll, toll! Wenn es noch eine Steigerung von toll geben würde, würde ich die nehmen!

Seit gestern kribbelt in mir das Gefühl der Wiedersehensfreude besonders stark. Heute kommt Sven zurück, endlich ist es so weit. Ich habe die Wohnung geputzt, sehr gründlich für meine Begriffe. Denn es kann bei mir schon mal vorkommen, dass ein Kleidungsstück herumliegt oder dass das schmutzige Geschirr nicht gleich in der Spülmaschine landet. Aber das Wissen, dass Sven heute kommt, ließ mich mit fliegendem Puls durch die Wohnung jagen und alles mit Argusaugen betrachten. Frische Blumen überall, sogar im Bad. Ich möchte, dass er sich gleich zu Hause fühlt.

Sven kommt heute zum ersten Mal in unsere neue Wohnung. Wir haben sie damals vor achtzehn Monaten gemeinsam besichtigt und uns gleich in sie verliebt. Sie liegt direkt am Fischmarkt, alle Zimmer haben den Blick zum Hafen, und sie ist nur fünf Minuten von der Wohnung meines Vater entfernt. Sie ist groß und luftig, ein einziger Raum, nur Bad und Schlafzimmer haben Wände und Türen. Kurz vor Svens Abreise haben wir den

Mietvertrag unterschrieben. Alles hatte holterdiepolter gehen müssen.

Ich bin gespannt, wie ihm die Wohnung eingerichtet gefällt. Ich habe mir die größte Mühe gegeben, alles gemütlich zu gestalten. Sogar ein schwerer Eichenschrank aus dem Haus meiner Tante und eine kleine Kommode von Wilma haben ihren Weg in unsere sonst modern eingerichtete Wohnung gefunden. Es ist ein reizvoller Kontrast, auch in Kombination mit den Gemälden von Wilma.

Damals, als wir die Wohnung mieteten, lagen acht Monate Forschungsarbeit auf einer einsamen Insel in der Südsee vor Sven. Wir konnten nur in Kontakt miteinander treten, wenn er auf die größere Nachbarinsel fuhr, was natürlich wetterabhängig war, aber immerhin klappe dort das Skypen.

Jetzt kommt er endlich zu mir zurück. Ich habe ihn vermisst. So schrecklich vermisst. Vor zwei Jahren hätte ich nicht gedacht, dass es mir so schwerfallen würde, ohne ihn zu sein. Ich habe noch eine Stunde Zeit, dann kann ich ihn abholen. Meine Hände flattern nervös über das Kaffeegeschirr. Ich habe das gute Service von Oma Mine genommen. Ich benutze es sonst nie, es ist für mich zu kostbar, so viele Erinnerungen hängen daran. An die Insel, an meine kleine, schmächtige Oma Mine, die im Alter immer kleiner wurde, zum Ende reichte sie mir nur noch bis zur Schulter. Aber trotz allem, was sie erlebt hatte, war sie immer ruhig und zuversichtlich geblieben.

Ich überlege, soll ich den Kuchen noch im Kühlschrank stehen lassen? Ich habe die berühmte Friesentorte gebacken, die mit Pflaumenmus und viel Schlagsahne. Dreimal habe ich sie vorher zur Probe gebacken, damit sie heute ja richtig wurde. Denn eine große Bäckerin bin ich nicht. Ja, sie muss kühl bleiben. Zum wiederholten Mal renne ich zum Spiegel und überprüfe mein Aussehen. Wie sitzt die Frisur? Habe ich die Augen zu stark betont? Passt die Kleidung gut zusammen? Ich habe mich für ein Kleid entschieden, das Sven noch nicht kennt. Es ist in meiner Lieblingsfarbe, ein leuchtendes Türkisblau. Es passt so gut zu meinen roten Haaren und den grünen Augen. Eine richtige Wohlfühlfarbe für mich.

Siehst du, Sven, die Perlenohrstecker, die du mir zu meinem Geburtstag geschenkt hast, habe ich angesteckt, sage ich in Gedanken zu ihm. Ich war zuerst erschrocken, als er sie mir schenkte. „In unserer Familie bedeuten Perlen Tränen", sagte ich mit erstickter Stimme zu ihm.

„Aber das ist doch nur Aberglaube. Das kommt nur daher, dass früher viele Perlentaucher, als sie noch ohne Pressluft tauchen mussten, starben. Heute werden die Muscheln gezüchtet, in riesigen eingezäunten Arealen. Da muss keiner mehr für sterben. Sie sehen wunderschön an dir aus." Bewundernd schaute mich Sven an.

Ja, sie gefielen mir ja auch und sahen perfekt an meinen Ohren aus. Vor allem aber waren sie ein Geschenk von Sven. Also trug ich sie und redete mir gut zu, dass das mit den Tränen nur Aberglaube sei. Nachdem Sven zu seiner Forschungsreise aufgebrochen war, habe ich aber sie in mein Schmuckkästchen gelegt und mir geschworen, sie erst dann wieder zu tragen, wenn er zurück wäre.

Nur noch eine halbe Stunde. Ich laufe unruhig hin und her. Meine Katze Mia hat sich in ihr Häuschen verkrochen und lugt nur vorsichtig hinaus. Ja, wir haben jetzt auch eine Katze. Schon drei Wochen, nachdem ich im Mai die Insel verlassen hatte, hatte Sven vor meiner Tür gestanden. Ich hatte noch gar nicht alles ausgepackt. Die meisten Kartons aus Lübeck standen noch im Flur. In der einen Hand hatte Sven einen riesigen Strauß roter Rosen, in der anderen ein Katzenbaby. Es zitterte und miaute, versuchte aber nicht,

Svens Hand zu entkommen. „Es lag neben dem Mülleimer, ich konnte es doch nicht da liegen lassen", meinte Sven. „Und ich hatte Sehnsucht nach dir, lässt du uns zwei rein?"

Ja, natürlich, habe ich sie reingelassen. Nicht nur in die Wohnung, nein, mein Herz haben die beiden auch gleich besetzt. Schnell war uns klar, wir gehören zusammen. Wenn er Vorlesungden an der Uni hatte, wohnte Sven bei mir. Aber er pendelte zwischen Hamburg und der Insel.

Meine und seine Tante verstanden sich prächtig. Beide waren voller Pläne. Sie hatten beschlossen, gemeinsam in das Haus meiner Tante Nele zu ziehen. Groß genug war es, jede würde ihren privaten Bereich bekommen. Die große Wohnküche würden sie natürlich zusammen nutzen. Im Nebengebäude wollte Svens Tante Wilma sich ein kleines Atelier einrichten.

Die Mieterin zog schon zum Ende Juli aus. „Ich werde mich an die schönen Jahre, die ich hier mit meinem Mann gelebt habe, gern erinnern. Aber es wird Zeit, wieder an mich zu denken." Sie nahm nur das Notwendigste und ihre persönlichen Sachen mit. Wilma und Nele hatten ihr beim Packen geholfen und ihr versichert, dass sie jederzeit willkommen wäre. Immer wieder haben sie sich gegenseitig in die Arme genommen. Sie waren zu Freundinnen geworden und der Abschied war entsprechend tränenreich. Ich bin sicher, dass sie sich wiedersehen werden.

Sven kann, wenn er auf der Insel ist, in Wilmas kleinem Häuschen wohnen. Die ersten Wochen nach dem Einzug in Tante Neles Haus wurde er als Träger und Handwerker eingespannt. „Aber nur für Kleinkram, mehr kann ich nicht", sagte er.

Unsere Wochenendbeziehung war für mich ideal, da ich viel um die Ohren mit Bewerbungen hatte. Nichts lief so richtig gut. Ich war schon leicht genervt von den Vorstellungsgesprächen. So schwer hatte ich mir das nicht vorgestellt. Entweder ich war zu jung oder ich war überqualifiziert. Andere wieder bemängelten meine nicht vorhandene Berufserfahrung. Bevor ich Sven getroffen hatte, wäre ich auch bereit gewesen, im Ausland zu arbeiten. Aber jetzt tat mir schon das Herz weh, wenn ich nur daran dachte, mich von ihm zu trennen.

Dass ich dann doch meine jetzige Arbeit fand, die mir viel Freude macht und mich herausfordert, habe ich meiner Katze Mia zu verdanken, so unglaublich das klingt.

An diesem drückend heißen Augustnachmittag war ich übelgelaunt nach einem weiteren erfolglosen Vorstellungsgespräch nach Hause gekommen. Die Zeitung hatte ich auf das Sofa geworfen. Sofort stürzte sich Mia darauf, hakte ihre Krallen hinein und riss sie in Stücke. Ach, lass sie, dachte ich, steht sowieso nichts Vernünftiges drin. Ich wollte gerade ins Badezimmer und mir ein Bad einlassen, als mein Blick von dem Emblem der Reederei angezogen wurde, bei der mein Vater auf Frachtschiffen fährt. Es war Teil einer ganzseitigen Anzeige:

Die Reederei wollte in die Passagierfahrt einsteigen, ein neues Schiff war im Moment auf Jungfernfahrt und ein zweites würde in Kürze fertig werden. Sie suchten für verschiedene Bereiche Angestellte, auch für die Betreuung der Passagiere an Bord, die Ausarbeitung von Ausflügen und zur Gestaltung der Bordzeitung. Das hörte sich spannend an.

Sofort hatte ich bei der Reederei angerufen und bekam für zwei Tage später einen Vorstellungstermin. Noch heute, wenn ich Mia anschaue, denke ich an das Gespräch mit dem Personalchef. Er war Ende fünfzig und sah meinem Vater sehr ähnlich. Wie sich später herausstellte, kannten sich die beiden. Der Personalchef war früher selber zur See gefahren, aber seit einem Unfall muss er an

Land bleiben. Er erklärte sehr genau und detailliert, was mich an Aufgaben erwarten würde. Zum Schluss sagte er zu mir: „Verstehen Sie das nicht falsch, es ist kein Urlaub. Sie werden stark gefordert sein. Den Passagieren werden, wenn möglich, alle Wünsche erfüllt. Sie werden viel zu tun haben und nicht nur Angenehmes erleben, Frau Tönnsen. Frau Tönnsen? Wir haben einen Kapitän mit dem Namen bei unserer Reederei. Sind sie mit ihmverwandt?"

„Ja", stotterte ich, „das ist mein Vater. Aber das hat mit der Bewerbung nicht zu tun. Er weiß noch nicht einmal, dass ich mich hier vorstelle."

„Nein, ein Name bringt auch keinen Vorteil bei uns. Jeder muss sein eigenes Können beweisen. Ich kann mir aber vorstellen, dass Sie der Aufgabe gewachsen sind. Sie können gleich morgen bei uns anfangen und hier im Büro schon alles für die Jungfernfahrt nach Kopenhagen mit vorbereiten, auf der Sie dabei sein werden. Also enttäuschen Sie mich nicht."

Ich spürte, wie mir eine heiße Welle ins Gesicht stieg. Ich musste vor Freude schlucken. „Ja, ich werde alles geben, um meinen Vater und Sie nicht zu enttäuschen."

Jetzt bin ich seit mehr als anderthalb Jahren bei der Reederei und freue mich jeden Tag über meinen tollen, interessanten Beruf. Diese vielen unterschiedlichen Kontakte mit immer neuen Menschen. Die Möglichkeit, aus Erlebtem und mit Erzählungen der Passagiere und der Crew eine Bordzeitung zu gestalten, ist wie ein Traum für mich.

Mein Leben ist perfekt, denke ich oft. Meine Arbeit begeistert mich, ich habe den wunderbarsten Partner, eine schöne Wohnung und die Insel als Ziel für freie Tage. Was will ich mehr?

Ich bin auch begeistert davon, wie Tante Nele und Wilma aufgeblüht sind, seitdem sie zusammen auf der Insel wohnen. Tante Nele musiziert wieder und Wilma malt ihre ungewöhnlichen Stillleben, meistens nur angedeutete Umrisse, aber wunderbare Farbkombinationen, und Meeresbilder, die sie direkt in den Dünen malt. Sie hat für sich wieder einen neuen Stil gefunden. Man meint, ihre Freude am Leben zu spüren, wenn man die Bilder anschaut. Drei Ausstellungen hat sie schon gegeben, auf der Insel natürlich die erste, von Tante Nele zusammen mit Christian organisiert.

Aber es ist unglaublich: Von einigen Leuten auf der Insel wird schon wieder schlecht über meine Tante geredet. Und dieses Mal ist auch Wilma mit dran.

„Da haben sich ja die Richtigen gefunden," wird hämisch gemunkelt. „Wer weiß, was die beiden miteinander treiben? Frauen und Frauen, das gehört sich nicht." Das ist noch das Harmloseste, was sie verbreiten.

Aber die meisten der Insulaner halten zu Wilma und Nele. Das konnte man auch auf der Vernissage beobachten, zu der viele von ihnen gekommen waren. Dass sich zehn Leute vor der Galerie versammelt und mit Plakaten gegen die Bilder gewettert hatten, steht auf einem anderen Blatt. Was genau sie eigentlich zu kritisieren hatten, trauten sie sich aber doch nicht, auf ihre Plakate zu schreiben. Zu viele erinnerten sich noch an die Vorfälle von damals.

Die letzte Ausstellung war in Hamburg. Tante Nele kennt hier viele Musiker, darum wurde die Vernissage von drei Musikern mit Tangomusik begleitet. Die Veranstaltung war ein voller Erfolg.

Hinterher saßen wir noch alle zusammen in der Wohnung meines Vaters und die beiden konnten sich vor Freude überhaupt nicht beruhigen. Sie kicherten unentwegt und erzählten , was der oder die zu ihnen gesagt hätte. „Die halten uns für Lesben", Tante Nele wollte sich ausschütten vor Lachen. „Ich habe zu der Frau gesagt, 'Man muss alles mal

ausprobieren, sonst kann man nicht mitreden.'
Diese Antwort hatte sie nicht erwartet. Ihr
verdutztes Gesicht hättet ihr sehen sollen!
Dann hat sie schnell erwidert, das müsse
jeder für sich selbst entscheiden, sie sei da
tolerant, nur leider andere nicht, und dabei hat
sie eine vage Handbewegung durch den
Raum gemacht."

Spät in der Nacht, wir waren alle schon
etwas bedudelt, wurde Sven plötzlich ernst. Er
müsse uns noch etwas Wichtiges sagen. Den
ganzen Abend hätte es ihm schon auf seiner
Seele gelegen und jetzt könne er es nicht
mehr länger aushalten. Ja, und dann erzählte
er uns von der Inselexpedition, die man ihm
angeboten hatte. Sie solle im Februar
losgehen und würde mindestens acht Monate
dauern. Ziel sei eine kleine Insel in der
Südsee, die nur wenig Bewohner hätte und
viele unerforschte Pflanzen und Tiere. Die
Bewohner lebten noch in ihrer alten Tradition.
Ihre Hütten seien aus einfachen Materialien

gebaut, eben aus dem, was die Insel hergebe. Sie jagten noch Wild, das schon unter Artenschutz stünde. Ihre Kinder besuchten keine Schule. Mit ihren Einbäumen führen sie nur dann zur nächsten größeren Insel, wenn es notwendig sei, sie wollten für sich bleiben.

Jetzt sei aber eine unerklärliche Krankheit aufgetreten. Die Krankheit befiele hauptsächlich junge Männer. Sie bekämen Fieber und fielen wie in eine Art Trance. Nach drei Tagen würden die Erkrankten wieder aufstehen, ohne sich an etwas erinnern zu können. Der Medizinmann würde vom bösen Blick und Hexerei sprechen. Einer der Ältesten hätte sich auf der anderen Insel einem Arzt anvertraut, weil er gehört hätte, dass es eine Medizin gebe, die ihr Medizinmann nicht kennen würde. Aber das Medikament, das der Arzt ihm mitgegeben hätte, hätte keine Hilfe gebracht.

Ein Arzt aus Europa, der auf der Hauptinsel Urlaub machte, hätte sich an einen Arzt aus dem Tropenkrankenhaus in Hamburg erinnert, der immer wieder mal für Ärzte ohne Grenzen arbeiten würde. Der hätte sich bereit erklärt, auf die Südseeinsel zu kommen. Aber er wollte nicht allein fliegen und hätte ihn, Sven, gefragt, ob er mitkäme, weil er ja unerforschte Inseln liebe. Schneller als gedacht sei der Forschungsauftrag genehmigt worden.

Sven erklärte uns, dass er hin und her gerissen sei. Oft habe er von einer noch fast unerforschten Insel geträumt. Aber jetzt sei ich in seinem Herzen und es fiele ihm schwer, sich zu entscheiden.

Nachdem er uns alles erklärt hatte, war keiner von uns mehr müde. Stattdessen waren wir völlig aufgedreht und hatten Fragen. Viele Fragen! Die Tanten bombardierten ihn förmlich damit. Er konnte gar nicht so schnell antworten, wie die Fragen auf ihn niederprasselten.

Seine Tante Wilma war besonders aufgeregt und flatterte wild mit ihren Händen.

„Wir haben jetzt November und du hast mir erzählt, Gesa und du, ihr wollt euch zu Weihnachten verloben. Und danach willst du gleich auf diesen Inseltrip abschwirren. Findest du, das ist eine gute Idee? Ich dachte, ihr würdet im Sommer auf der Insel heiraten. Alle Verwandten könnten dann dabei sein. Auch Gesas Vater hat zugesichert, sich dafür Urlaub zu nehmen." Tante Wilma hatte inzwischen hektische rote Flecken im Gesicht und atmete stoßweise.

Sven hatte sein inzwischen knallrotes Gesicht gesenkt und murmelte betreten: „Aber ich habe Gesa doch noch gar nicht gefragt, ob sie mich zum Mann nehmen will. Am Wochenende sollte es auf der Insel eine Überraschung werden. Ich habe alles mit Elsa und Christian geplant. Da wusste ich noch nichts von der Expedition. O Gott, warum habe ich dir bloß von meinen Plänen erzählt?"

Vorwurfsvoll schaute Sven seine Tante an. „Und gleich bei der gesamten Verwandtschaft alles raus zu posaunen, das ist doch sonst nicht deine Art."

„Aber ich habe mich so für euch gefreut", kam es kläglich von Tante Wilma.

„Sven, du bist ungerecht", setzte meine Tante Nele nach und nahm Wilma tröstend in den Arm. „Du hättest klar und deutlich Wilma sagen müssen, dass sie nicht darüber reden soll, dann wäre das alles nicht passiert."

Ich hatte die ganze Zeit nur sprachlos von einem zum anderen geschaut. Weihnachten verloben, das hörte ich zum ersten Mal. Gewiss, wir hatten darüber gesprochen, uns eine Wohnung zusammen zu nehmen, weil mein Vater im nächsten Jahr an Land bleiben und seine Wohnung selbst brauchen würde. Für die große Fahrt würde er mit sechzig Jahren zu alt sein und die Reederei hatte ihm einen Posten an Land angeboten. Zuerst hatte er gegrummelt: „So wird man ausgemustert." Aber als er erfuhr, er solle für die Reederei junge Offiziere unterrichten, war er selig. Das war eine Aufgabe, die ihm gefiel. Dass mein Vater auch schon Bescheid wusste, dass Sven sich mit mir verloben und mich heiraten wollte, und nur ich dummes Schaf keine Ahnung hatte, das ging mir nun doch ein bisschen zu weit. Sven hätte mich ja wenigstens vorher fragen können.

Dann hatte ich eine Idee. Ich ging zu meiner Tante und bat sie: „Bitte gib mir mal deinen Ring."

Verdutzt guckte die mich an, aber streifte wortlos den schmalen Rubinring ab, den sie von meiner Oma Mine hatte. Alle schauten mich gespannt an.

Vor Sven blieb ich stehen und legte ihm den Ring in die Hand. „So, nun frag mich", forderte ich ihn auf. Sven verstand sofort. Er kniete sich hin und fragte mich mit erstickter Stimme: „Gesa Tönnsen, willst du meine Frau werden und mich Idioten immer lieben?"

Ich musste schlucken, auch wenn der Antrag so verrückt gelaufen war, konnte ich meine Rührung nicht unterdrücken. Ich kniete jetzt ebenfalls und wir fielen uns in die Arme. Mit verdächtig nach Tränen, glänzenden Augen steckte Sven mir den Ring an. Als wir uns umdrehten, stellten wir fest, dass wir allein im Raum waren. Still und leise hatten sich die Tanten raus geschlichen.

Energisch habe ich dann Sven zugeredet, dass er auf jeden Fall das Forschungsprojekt annehmen müsse. „So eine Chance bekommst du nie wieder. Deine ganze Zukunft hängt davon ab. Du könntest eine Professur bekommen, wenn du interessante Ergebnisse mitbringst. Für die Erforschung von Krankheiten und unbekannten Pflanzen kann das Projekt enorm wichtig sein."

Ich redete mich richtig in Rage. „Ich werde außerdem in den nächsten Monaten auch viel unterwegs sein, weil ich auf den Kreuzfahrten für mehrere Kurzreisen eingeteilt bin, damit ich alles richtig kennenlerne. Also, du siehst, du bist entbehrlich. Aber zu deiner

Beruhigung: Gegen Verlobung und Hochzeit hätte ich überhaupt nichts einzuwenden. Verlobung dieses Jahr zu Weihnachten und die Hochzeit ein Jahr darauf?"

Sven hatte mich die ganze Zeit mit großen Augen angeschaut. Jetzt räusperte er sich und sagte. „Verlobung diese Weihnachten und die Hochzeit nächstes Jahr Weihnachten, so machen wir das. Gesa, du bist das größte Geschenk in meinem Leben. Ich liebe dich unendlich. Du hast mit allem recht und natürlich brenne ich darauf mitzufahren. Ich bin immer neugierig auf neue Inseln. Du machst es mir leicht, aber mein Herz schmerzt, wenn ich an die Trennung denke".

Ich zog Sven an mich: „Und jetzt gehen wir zum Fischmarkt und frühstücken zur Feier des Tages in der Auktionshalle, da gibt es heute Brunch und Jazzmusik."

Aneinandergeschmiegt gingen wir in den neuen Tag. Wir empfanden den Morgen als einzigartig. Die Luft war eiskalt. Vereinzelt rieselten Schneeflocken durch die Luft. Es roch nach mehr Schnee.

„Wäre es nicht schön, wenn wir Weihnachten, zur Verlobung, Schnee hätten?", meinte Sven.

„Ach, auf der Insel ist das Wetter immer gut, egal ob es stürmt, schneit oder die Sonne scheint. Ich fühle mich da bei jedem Wetter wohl, weil da meine Liebsten sind."

Nach dem Brunch bummelten wir zu den Landungsbrücken. Wir waren aufgedreht und kein bisschen müde, obwohl wir nicht eine Stunde geschlafen hatten. Auf dem Rückweg kamen wir an einem Neubau an der großen Elbstraße vorbei. Ein grellbuntes, riesiges Plakat warb für Wohnungen mit traumhaftem Elbblick. Wir schauten uns an und sagten beide gleichzeitig: „Das wäre es doch."

Ja, und wir hatten großes Glück, eine Wohnung war noch frei. In der ich im Moment vor Aufregung herumtanze. „Sven kommt, Sven kommt", jubelt es in mir.

Noch schnell einen Blick in den Flurspiegel, bevor ich lossause. Ich bin zufrieden mit dem Anblick und will mich schon wieder abwenden, als ich eine verschwommene Gestalt hinter mir zu sehen glaube.

Sven? Die Gestalt ist vollkommen unklar, aber für einen Moment meine ich wirklich, Sven zu sehen. Schnell drehe ich mich um. Da ist nichts. Nur das Meeresbild von Wilma scheint mich zu verspotten. Ich schaue wieder in den Spiegel und spüre eine Gänsehaut an den Armen. Wieder sehe ich hinter mir die verschwommene Gestalt, deutlicher jetzt, es ist ein dunkler Schatten, der aussieht wie damals der Küster aus der Inselkirche, der mich so erschreckt hatte.

Vor meinen Augen flimmert es, der schwarze Schatten scheint sich zu bewegen, scheint wie eine Krähe mit den Flügeln zu schlagen. Dann nehme ich nichts mehr wahr, Stille in meinem Kopf, dafür Rauschen in den Ohren. Ich ziehe an den Ohrläppchen, damit ich wieder klar hören kann. Ich muss hier raus. Ich muss zu Sven. Auch wenn ich noch zu früh bin, egal, ich fahre jetzt zum Bahnhof und warte da auf ihn. Basta!

Ich hasse es, wenn meine Fantasie mir Streiche spielt. Seit vierzehn Tagen habe ich nichts mehr von Sven gehört, die absurdesten Gedanken wirbeln mir seitdem durch den Kopf. Ich will das nicht mehr! Ich will mich freuen! Die Monate waren so lang für mich gewesen und meine Sehnsucht nach Sven ist so stark.

Im Februar war Sven aufgebrochen, Ende September hätte er zurückkommen sollen. Aber jetzt haben wir schon Ende November. Immer wieder wurde die Rückreise verschoben. Schwierigkeiten mit dem Wetter. Probleme bei der Behandlung der Kranken. Der Medizinmann hetze gegen sie und viele von den gesammelten Pflanzen vernichtet. Peter, der Arzt, hätte gesundheitliche Probleme.

Beim letzten Kontakt mit Sven hörte ich aus seiner Stimme Erschöpfung heraus. Er sah dünn und abgezehrt aus und war nervös. In Abständen schaute er hinter sich, als wenn jemand da stände und er nicht frei reden könnte. Er verabschiedete sich wie üblich mit „Ich liebe dich und sehne mich nach dir." Dann zum Schluss dieser eine Satz: „Wahrscheinlich werde ich vor dem Abflug nicht mehr mit dir skypen können. Wir müssen mit Sicherheit schnell weg. Ich werde froh sein, wenn wir das alles hier hinter uns gelassen haben." Immer, wenn mir dieser letzte Satz in den Sinn kommt, beginnt meine Kopfhaut zu kribbeln und ich würde am liebsten laut schreien.

*

Auch hier bei mir ist in viel passiert. In den Monaten von Svens Abwesenheit hatte ich beruflich jede Menge zu tun. Was ein Segen für mich war, sonst hätte ich Sven noch viel mehr vermisst.

Ich bin jetzt voll verantwortlich für das monatliche Magazin der Reederei. In jeder Kabine liegt immer ein Heft für die Passagiere bereit. Ich konnte mich voll austoben. Oft fahre ich kleine Törns mit und spreche mit den Passagieren und Mitgliedern der Crew. Ich habe schon viele lustige und auch traurige Geschichten dabei gehört. Wenn die Leute es mir erlauben, bringe ich einiges davon in unserem Monatsmagazin.

Und noch etwas ist großartig: Der Vorstand der Reederei hat beschlossen, anlässlich ihres zweihundertjährigen Bestehens im Mai nächsten Jahres eine Dokumentation über die Gründung und die Geschäfte in den zurückliegenden zwei Jahrhunderten herauszugeben. Ich darf daran mitarbeiten. Es soll keine trockene Bestandsaufnahme werden, die Sachinformationen sollen mit lustigen und spannenden Geschichten gespickt sein. Und so servieren mir die älteren Kapitäne so manche verrückte Geschichte, nicht zuletzt mein Vater. Außerdem bekommen wir aus den Archiven viel Material und meine Aufgabe ist es, das alles auszuwerten und gut lesbar aufzubereiten, denn für die Aktionäre muss alles sozusagen mundgerecht angerichtet sein.

Mein Vater ist seit Mai an Land. Seit September unterrichtet er die angehenden Kapitäne und es gefällt ihm richtig gut. Er hat sich schnell in seinen neuen Alltag hineingefunden.

Den Sommer über war er auf der Insel bei Nele gewesen. Im Juni haben wir Oma Mines Urne in dem Familiengrab der Tönnsens beigesetzt. Kein Insulaner hat laut etwas dagegen gesagt. Nur der Küster, der für mich nach wie vor Ähnlichkeit mit einer Krähe hat, hat in einiger Entfernung mit einer Gruppe von fünf Personen mit den Flügeln geschlagen. Mit dabei natürlich auch Dorle, die damals am meisten gegen Tante Nele gehetzt hatte. Zwei Tage nach der Beisetzung haben sie Tante

Neles Rosenbüsche mit Essigsäure besprüht und in den Beeten Blumen zertrampelt. Wilma sah es morgens, als sie mit Bella ihren Morgenspaziergang machte. Mit Tränen in den Augen kam sie wieder zurück.

Mein Vater gab sich gelassen und meinte schadenfroh: „Jetzt haben wir sie, diese Missgeburten. Da können sie sich nicht mehr rauswinden." Er hatte nämlich mit etwas Ähnlichem gerechnet und an drei Bäumen Wildkameras aufgehängt. Die Fotos waren eindeutig. Niemand von ihnen hatte sich die Mühe gemacht, sich zu tarnen. Allen voran wie immer der Küster.

Überall auf der Insel hat mein Vater die Bilder von den Tätern und Täterinnen herumgezeigt und außerdem Anzeige gegen sie wegen Vandalismus erstattet. Ab da war endlich Ruhe. Auch die letzten Insulaner hatten begriffen, dass mein Vater es nicht zulassen würde, dass jemand den Tanten übel mitspielte.

Ansonsten war ich den Sommer über in Hamburg gut beschäftigt gewesen. Anlässlich des Jubiläums soll die Reederei mit einem Festakt im Rathaus geehrt werden. Die Stadt Hamburg und die Reederei sind eng miteinander verwurzelt. Der Haupteigner ist die Familie, alle Familienmitglieder sind große Mäzene in Kultur und Wohltätigkeit. Wenn eine Kirche eine neue Glocke braucht oder ein Schiff im Museumshafen Gelder zum Renovieren, stehen sie immer an erster Stelle bereit.

Der Entwurf für die Dokumentation der Reederei musste unbedingt zum Herbst fertig werden, da jeder, der wichtig ist, noch ein Wörtchen mitreden möchte. Bis sie zum Druck kommt, dauert es dementsprechend und nächstes Jahr im Mai soll die Dokumentation ja präsentiert werden. So hatte die Gruppe, in der ich mitarbeitete, viel Stress. Was mir gelegen kam, so kam ich nicht viel zum Grübeln.

Wenn ich an den Wochenenden frei hatte, fuhr ich auf die Insel. Meistens war mein Vater auch da. Dort wurde ich sofort in Beschlag genommen, immer hatten sie eine Aufgabe für mich, die angeblich nur ich erledigen konnte. Langsam wurde ich dadurch zur Gartenexpertin. „Du hast den grünen Daumen", wurde mir versichert. „Bei dir wächst alles viel besser an und blüht viel länger."

Tatsächlich hatte ich mir vorher Ratschläge von Elsa geholt. „Du musst mit den Pflanzen sprechen", hatte sie mir erklärt. „Das sind genauso Lebewesen wie wir. Ich erzähle denen auch alle meine Sorgen und das ist so befreiend. Natürlich musst du sie von Zeit zu Zeit auch loben. Von wegen, wie schön sie sind und wie gut sie wachsen. Du wirst sehen, wie gut sich alles entwickelt."

Auch ich wurde gelobt und gehätschelt. Die Tanten hatten keine Kinder, da sie nie verheiratet waren. Sie planten aufgeregt wie

Teenager alles für die Hochzeit, als wäre es ihre eigene. „Du hast doch so viel zu tun, du hast doch gar keine Zeit, dich zu kümmern", war ihr Argument. „Sage uns einfach, wie du es dir vorstellst. Wir organisieren alles für dich." Mir war klar, dass die Tanten es gut meinten und alles, was sie nie hatten, mir zukommen lassen wollten. Überall lagen Kataloge für Kleider und Tischdekoration herum, die ich zu ihrem Leidwesen komplett ignorierte.

Ich sagte nur immer: „Schlicht und einfach. Bloß nichts mit Rüschen oder Tüll. Hauptsache, die Familie ist zusammen. Am liebsten hätte ich Bratheringe, frisch aus der Pfanne. Aber im Dezember ist ja keine Heringszeit. Also, bitte einfach die gute Hausmannskost, die es auch früher zu Hochzeiten gab."

Ich wusste, Sven und ich waren da derselben Meinung. Nach dieser langen Trennungszeit wollten wir nur in Ruhe mit unseren Liebsten unsere Hochzeit feiern. Trubel würde es am Polterabend genug geben. Dafür würden schon die Freunde, die Sven auf der Insel hatte, sorgen, die sicher allesamt kommen würden.

Ich war froh, Arbeit zu haben, auf die ich mich voll konzentrieren musste. So hatte ich keine Zeit, nachzudenken, jedenfalls unter der Woche nicht. Wenn ich an freien Tagen auf der Insel war, setzte ich mich oft auf unsere Bank und sprach mit Sven, den Blick auf den Strand und das Meer gerichtet, das beruhigte mich. In Gedanken meinte ich Svens Antworten zu hören, mit denen er mir Mut zusprach.

Aber ab Mitte September wurde ich unruhig. Ich hörte Svens Antworten nicht mehr in meinen Gedanken, wenn ich ihm etwas erzählte. Er war verstummt.

Mit meinem Vater konnte ich darüber nicht sprechen. Er hätte es als Spökenkram abgetan. Statt beunruhigt auf der Bank zu sitzen, war ich stundenlang mit dem Fahrrad auf der Insel unterwegs. Auf der Hinfahrt fuhr ich gegen den Wind, damit ich ihn später im Rücken hatte. Die Rechnung ging natürlich nicht auf, denn der Wind ist beim Radfahren nicht berechenbar. Vollkommen erschlagen kam ich jedes Mal zurück. Eine kurze Rast auf unserer Bank brachte keine Entspannung.

Dass ich Svens Stimme und tröstende Worte nicht mehr hörte, fehlte mir sehr. Ich war voller Sorgen und Unruhe. Ich konnte nicht mehr richtig essen. Wenn ich schlief, suchten mich die alten Träume von Feuer wieder heim. Eines Nachts bekam ich hohes Fieber. Ich erinnere mich nicht mehr an alles, aber immer, wenn ich wach wurde, saßen mein Vater oder Tante Nele an meinem Bett.

In meinen Fieberträumen muss ich wohl von den Sorgen, die mich quälten, gesprochen haben. Später erfuhr ich, dass Sven in dieser Zeit versucht hatte, mich über Skype zu erreichen. Mein Vater hatte ihm, damit er sich keine Sorgen machte, erklärt, ich sei auf dem Schiff und führe auf einer Kurzreise mit. Die Reederei hätte mich gebeten, einen Vortrag zu halten.

So war es dann auch mein Vater, dem Sven erzählte, dass sie im September noch nicht zurückkommen würden, weil der Arzt erkrankt und nicht transportfähig sei. Er hätte einen anderen Arzt von der Nachbarinsel angefordert, aber keiner wolle kommen. Sie täten alle so, als wenn die Insel verflucht sei.

Eigentlich hatte sich Sven in der Woche darauf wieder melden wollen, sofern das Wetter mitspielte. Zu dem Zeitpunkt gab es dort oft Sturm und jeden Tag starke Regenschauer, sodass die lange Fahrt zur Hauptinsel nicht immer riskiert werden konnte. Tatsächlich meldete Sven sich aber erst nach drei Wochen wieder. Ich war inzwischen wieder wohlauf und erwähnte meine Schwäche und Sorgen nicht. Ich wollte ihn nicht belasten, denn ich merkte ihm seine

Angespanntheit an. Sven redete schnell, ohne Pausen, so als hätte er Angst, ich würde ihn unterbrechen. Er, der sonst die Ruhe in Person war, wedelte aufgeregt mit den Händen und wischte sich in Abständen über die Augen. Was war nur mit meinem Sven los? Er sah dünn und ausgezehrt aus.

Auf meine Frage, wie es ihm gesundheitlich ginge, bekam ich nur eine ausweichende Antwort: „Ich bekomme nur etwas zu wenig Schlaf, weil wir uns bei der Nachtwache abwechseln. Peter geht es langsam besser. Sein hohes Fieber ist gesunken, nur in Abständen hat er noch leichtes Fieber und Erbrechen. Aber was ihm genau fehlt, wissen wir immer noch nicht. Vielleicht Schübe von Malaria, meint er. Aber ich denke, es hängt mit dem Medizinmann zusammen. Ich traue dem Teufel nicht. Denn immer, wenn er bei uns war und seine Kräuter brachte, die wir aber nie benutzten, bekam Peter wieder Fieber. Dabei hatte Peter gemeint, dass der Medizinmann ihn wohl endlich akzeptiert hätte, denn er hatte den Sohn vom Häuptling heilen können. Ich erzähle dir alles genau, wenn wir wieder zu Hause sind. Bei dem anderen Kranken steht Peter nach wie vor vor einem Rätsel. Deswegen lassen wir niemanden zu ihm und bewachen ihn. Vor dem Abflug kann ich wahrscheinlich nicht mehr mit dir skypen. Mit Sicherheit muss alles sehr schnell gehen. Aber mach dir keine Sorgen", meinte er zum Abschluss, „zur Hochzeit bin ich rechtzeitig da."

Danach, Anfang November, hatten wir noch einmal kurz Kontakt, als Sven mir mitteilte, wann er wieder zurück sein würde.

Und das soll heute sein. Endlich, endlich! Ich kann es kaum abwarten.

Hastig schlüpfe ich in meinen Mantel und ziehe die Wohnungstür hinter mir zu. Beim Zuschließen höre ich mein Handy klingeln. Es ist unsere Erkennungsmelodie, 'Atemlos' von

Helene Fischer, wir haben diese Melodie als Klingelton nur für uns beide ausgewählt.

Sven, Sven rief an! Vor Aufregung bekomme ich Schluckauf. „Ja, mein Liebster, ich stehe vor der Wohnungstür, um dich abzuholen. Wo bist du?" Ich höre nichts. Dann nur ein Schnaufen. „Sven", rufe ich, „wo bist du? Ich kann dich nicht hören."

Ich spüre eine kalte Hand im Nacken. Wie oft habe ich das schon von den alten Insulanern gehört: Vor einem schrecklichem Ereignis hätten sie eine kalte Hand gespürt.

Dann höre ich leise: „Gesa, ich bin nicht Sven. Ich bin es, Peter. Ich würde gern zu dir kommen und alles erklären. Bitte, bleib zu Hause. Ich bin in zehn Minuten bei dir."

Ich klammere mich am Treppengeländer fest. Mir ist schwindelig. Jeden Moment könnte ich die Treppe, die vor meinen Augen verschwimmt, herunterfallen. Mit zitternden Fingern drücke ich auf den Notrufknopf, der mich sofort mit meinem Vater verbindet. Er weiß, dass er jetzt auf dem schnellsten Weg zu mir kommen muss. Ich kann noch sagen: „Bei mir", dann rutsche ich ins Schwarze.

Als ich wieder zu mir komme, liege ich auf dem Sofa und schaue ich in zwei besorgte Gesichter. Das von meinem Vater, der meine Hände reibt, und das von Peter, der mir eine Blutdruckmanschette abnimmt. Vor der Abreise zur Südsee hatte ich ihn noch kennenlernen können. „Sie ist wieder bei uns", höre ich ihn sagen.

„Gesa, mein Schatz, wie geht es dir?" fragt mein Vater besorgt. „Wir konnten dich noch rechtzeitig auffangen. Beinahe wärest du die Treppe hinunter gefallen. Möchtest du etwas trinken? Sollen wir auf die Insel fahren? Bitte, bitte sag doch was." Mein Vater redet schnell und hektisch, als wenn er mich nicht zu Wort kommen lassen will.

Ich winke bei all seinen Fragen ab und bitte ihn, still zu sein, denn ich muss wissen, was mit Sven ist. Und das kann nur Peter sagen.

Der hält sich nicht mit langen Erklärungen auf, sondern fordert mich auf: „Pack ein paar Sachen zusammen. Wir fliegen gleich nach Frankfurt in die Klinik. Sven wurde mit einer Spezialmaschine dahin geflogen. Er lebt, aber es geht ihm nicht gut. Ich bin gestern angekommen und habe von hier alles organisiert. Ein Arzt vom Tropenkrankenhaus fliegt mit uns nach Frankfurt. Ich werde auf dem Flug alles erklären."

Während er spricht, habe ich automatisch angefangen, ein paar Sachen einzupacken. Ich habe das Gefühl, ich stehe neben mir, völlig losgelöst von dieser Welt, und schaue mir selbst zu. Ich bemerke, dass ich meine Antibabypillen einpacke. Wie verrückt ist das denn? Mein Vater nimmt meine Tasche und erklärt: „Ich komme mit. Keine Widerrede."

„Ich habe gehofft, dass Sie das sagen", erwidert Peter.

Auf dem Flug berichtet Peter dann endlich, was passiert ist. Es wird ein langer Bericht, er lässt nichts aus, wobei es ihm schwer fällt, die richtigen Worte zu finden. Immer wieder gibt es Pausen, in denen er weint und ich so sehr schluchze, dass mein Vater mich in die Arme nimmt und mich zu beruhigen versucht.

Was
Peter
erzählt

„Bei unserer Ankunft auf der Hauptinsel wurden wir mit Freude und Erleichterung von der Krankenhausleitung empfangen. Alles war schon vorbereitet und auf die Schiffe geladen, so dass sie uns am nächsten Tag rüber fahren konnten. In der Zwischenzeit war auf der Insel noch ein weiterer junger Mann krank geworden und keiner durfte die verfluchte Insel mehr verlassen.

Sie berichteten uns, was sie über die Insel und ihre Bewohner wussten. Viel war es nicht, denn die Bewohner hielten sich sehr für sich und wollten keine Fremden bei sich dulden. Nur jetzt, wo sie sich nicht mehr zu helfen wussten und die Heilkunst ihres Medizinmanns versagte, hatten sie um Hilfe gebeten.

Wir bekamen einen Dolmetscher zugewiesen, der auf der Insel auch für uns Essen kochen würde. Immer wieder wurden wir ermahnt, von den Inselbewohnern kein Essen anzunehmen. Man wisse nie, was einem angeboten würde, weil sie alles essen, wirklich alles, wurde uns versichert. Früher sollen sie sogar Menschenfleisch gegessen haben. Vor allem sollten wir uns vor dem Medizinmann hüten. Er sei das Böse in Person. Selbst seine eigenen Leute hätten Angst vor ihm.

Uns wurden drei Boote zur Verfügung gestellt. Ein Boot war beladen mit unserem Gepäck, diversen medizinischen Geräten und Medikamenten. Viele davon hatten wir nur auf Vermutungen hin eingepackt, ohne jegliche Ahnung, welche Krankheit eigentlich behandelt werden musste. Das zweite Boot transportierte uns und unseren Dolmetscher. Im dritten Boot war die bestellte Ware für die Bewohner. Die Verwaltung der Hauptinsel war froh, dass wir alles mitnahmen.

Unser Dolmetscher war ein Meter fünfzig hoch und ungefähr vierzig Jahre alt. Sein genaues Geburtsdatum kannte er nicht. Sein Gebiss war noch vollständig und die beiden

Schneidezähne spitz zu gefeilt, was ihm ein gefährliches Aussehen verlieh. Sein Name war Hank. Weiß der Teufel, wer ihm diesen Namen gegeben hatte. Er bläute uns ein, wir dürften auf keinen Fall die Menschen anlächeln. Wir müssten immer streng sein, dann würde man an uns glauben. Auch zusammen feiern oder essen dürften wir mit den Eingeborenen nicht, außer, wenn uns der Häuptling einlüde. Dem Medizinmann sollten wir aus dem Weg gehen, denn er würde uns als Feinde betrachten, da wir sein Ansehen untergraben würden. Für die Bewohner sei er wichtig, wichtiger als der Häuptling. Der Medizinmann könne jeden verhexen, einen Bann aussprechen oder heilen. Alle Bewohner hätten Angst vor ihm und niemand wolle ihn zum Feind haben. Wenn wir auf der Insel unterwegs sein wollten, um Pflanzen zu suchen, dürften wir nie allein gehen. Und vor allem; Wir müssten auf jeden Fall herausfinden, was den kranken Männern fehlt, und sie heilen. Dann würden wir großes Ansehen genießen. Wenn uns das nicht gelänge, wäre ein längerer Aufenthalt auf der Insel mit großen Schwierigkeiten verbunden. Wenn alles gut liefe, würde Hank versuchen, einen zweiten Beschützer aus dem Kreis der Bewohner für uns zu finden. Damit hätten wir die Möglichkeit, uns freier zu bewegen, und könnten von allem Proben einsammeln. Er selbst wüsste zwar, wo die für uns interessanten Pflanzen und Kräuter zu finden wären, und er könnte uns hinführen. Aber das Camp dürfte nie unbewacht sein, denn man wüsste nie, was die Insulaner in ihrer kindlichen Neugier anstellen würden. Und der Medizinmann sähe es gar nicht gerne, wenn wir Pflanzen mitnehmen würden. Nur er dürfte die geheimen Kräfte nutzen. So instruiert machten wir uns auf einiges gefasst.

Während der letzten halben Stunde der Fahrt war in Abständen Getrommel zu hören. „Sie melden uns an", erklärte uns Hank.

Bei unserer Ankunft hatte sich das ganze Dorf versammelt. Die Männer mit wilder Gesichts- und Brustbemalung. Ihre Bekleidung bestand aus einem breiten Lendenschurz, gehalten von einem üppig mit Perlen und Muscheln bestickten Gürtel, an dem eine kunstvoll geflochtene Scheide hing. „Messer", zischte uns Hank zu, „sehr scharf". In den Händen hielten sie ihre Bögen, zwar mit eingelegten Pfeilen, aber nicht gespannt.

Die Gruppe der Männer stand zwanzig Meter vom Ufer entfernt und bildete eine Mauer. Auf einen Hügel dahinter stand der Häuptling. Er besaß als einziger einen Speer und eine kleine Peitsche mit verschieden langen Schnüren.

Der Medizinmann hielt sich auf der Seite der Frauen auf. Er hatte sich eine Totenmaske geschminkt und trug ein geflecktes Fell über der Schulter. Langsam kam er unseren Booten bis zum Uferrand entgegen. Er schüttelte ein laut klapperndes

Ledersäckchen und spuckte in unsere Richtung. Dann stampfte er drei Mal mit jedem Fuß auf und stieß schrille Töne aus.

Die Besatzung der Schiffe und Hank hatten sich demütig niedergekauert. Sven und ich blieben stehen, wie Hank es uns aufgetragen hatte. Nur keine Angst zeigen, ihr seid die Retter, hatte er uns immer wieder erklärt. Also blieben wir eisern stehen und schauten dem Medizinmann ins Gesicht. Dann baten wir Hank, aufzustehen und zu erklären, warum wir gekommen waren. Mit vielen Worten und ausholenden Gesten redete Hank auf den Medizinmann ein. Für uns hörte sich ihr Wortwechsel wie Geschnatter an.

Der Medizinmann zischte und spuckte, ratterte noch einmal laut und vernehmlich mit dem Lederbeutel, dann drehte er sich um und entfernte sich langsam.

Das war das Zeichen für die übrigen Männer, sie legten ihre Bögen in den Sand. Die Besatzung konnte beginnen, die Boote zu entladen. Unsere Begleiter hatten es eilig, vor Einbruch der Dunkelheit von der Insel wegzukommen. Aber sie passten genau auf, dass kein Bewohner ihre Schiffe anfasste. Unser Dolmetscher dirigierte wie ein Feldwebel den Transport unserer Sachen in die uns zugewiesene Hütte.

Sven und ich waren inzwischen zum Häuptling gegangen und hatten unseren Kotau gemacht. Dabei überreichten wir ihm einen Brief mit einem dicken Siegel sowie ein Gemälde vom Hamburger Hafen, im Hintergrund die Skyline. Er wirkte beeindruckt und befühlte nickend das Siegel, so als wollte er sagen, ja, es hat alles seine Richtigkeit. Dann steckte er das Dokument zusammengerollt, in den Gürtel seines Lendenschurzes. Das Bild begeisterte ihn nicht so sehr, denn er grunzte nur einmal und gab es an eine junge Frau weiter.

Wie wir später erfuhren, war das seine Tochter Kela. Das heißt, eine seiner Töchter, seine Lieblingstochter. Die junge Frau hielt die Augen niedergeschlagen und murmelte leise ein paar Worte, während sie sich das Bild anschaute. Als sie dann mit dem Finger den Häuserfronten folgte, entfuhr ihr ein kurzer Schrei, schnell schlug sie ihre Hand vor den Mund. Der Häuptling warf ihr einen prüfenden Blick zu, aber sie hatte sich schon wieder gefangen. Langsam rückwärtsgehend, das Bild an sich gepresst, entfernte sie sich zur Frauengruppe. Die empfing sie mit aufgeregten Gesten.

Das Bild ging von einer Hand zur anderen. Die Häuptlingstochter starrte mit weit aufgerissenen Augen zu uns herüber. Bis die Frauen einen Kreis bildeten und sie in die Mitte nahmen. Sie warfen uns böse Blicke zu. Der Medizinmann stürzte auf die Frauen und trieb sie mit kurzen schrillen Schreien zu den Hütten.

Bis wir ausgepackt hatten und Hank uns eine Mahlzeit bereiten konnte, war es Abend geworden. Das Dorf und wir kamen langsam zur Ruhe.

Den Nachmittag über hatte sich um unsere Hütte herum die gesamte Kinderschar versammelt. Zuerst hatten sie nur mit großen Augen unser Tun verfolgt. Aber wie das bei Kindern so ist: Sie sind überall auf der Welt neugierig. Und es gab wie überall einen Wortführer. Der hatte sich immer näher an unsere Hütte herangepirscht und genau beobachtet, was wir machten. Von Zeit zu Zeit berichtete er seinen Kumpels, was er sah, begleitet von wilden Gebärden. Aber was erzählte er ihnen? Er konnte ja nicht wissen, was ein Mikroskop ist oder die Stellage für die Reagenzgläser.

Die Kinder verloren nach und nach ihre Scheu und rückten dichter an uns heran. Hank gefiel das überhaupt nicht. Auch er trug jetzt einen breiten Gürtel mit einem Messer an der Seite. Das holte er demonstrativ heraus und säbelte von einem Ast feine Späne ab, die er zu einem kleinen Haufen türmte. Dann holte er sein Feuerzeug so aus seiner Hosentasche, dass es verdeckt in seiner Hand lag. Als er es entzündete, sah es aus, als schösse das Feuer direkt aus seiner Hand. Mit lauten Gekreische stoben die Kinder auseinander und liefen zu ihren Hütten. Danach hatten wir die erst einmal Ruhe und konnten uns eingehend mit den beiden Kranken beschäftigen.

Es waren zwei völlig unterschiedliche Krankheitsverläufe. Der eine junge Mann war fast noch ein Kind und der Sohn des Häuptlings. Er hatte Fieber, war aber ansprechbar. Er erbrach sich oft und fiel danach in eine Art Trance und wurde steif wie ein Brett. Wir baten Hank, ihn zu fragen, was er in der Zeit vor seiner Erkrankung gemacht hatte, was er gegessen und wo er sich aufgehalten hatte und mit wem er zusammen gewesen war. Er weigerte sich, mit uns zu sprechen.

Die gesundheitliche Verfassung des anderen jungen Manns, es war der zukünftige Mann von Kela, der Tochter des Häuptlings, war weitaus schlechter. Er sah völlig ausgemergelt aus und war dehydriert. Er sprach in seinen Fieberträumen nur vereinzelte Worte und war nicht bei Bewusstsein. Sein Atem hatte einen fauligen Geruch. Hank versuchte in Gesprächen, den Bewohnern Informationen zu entlocken, ohne Erfolg. Er erzählte uns, die Leute hätten Angst und wagten nicht, offen zu sprechen. Und sowieso tauchte immer nach kurzer Zeit der Medizinmann auf, worauf sie ganz verstummten.

Zwei Tage nach unserer Ankunft besuchte uns der Häuptling. Er machte einen stolzen Eindruck, als ihn Männer in einem schweren Stuhl zu uns trugen. Hinter ihm baute sich der Medizinmann auf.

Der Häuptling sprach laut und kehlig zu uns. In Abständen trommelte er sich auf die

Brust, zur Begleitung rasselte dann der Medizinmann heftig mit seinem Lederbeutel. Hank übersetzte die Worte des Häuptlings: Er wolle von uns wissen, welche Krankheit sein Sohn habe und wie wir ihn heilen wollten. Ein Sohn sei ihm schon weggestorben.

Hank erläuterte uns, diesen hier müssten wir unbedingt retten. Es gäbe viel zu wenig junge Männer und der König, wie er sich selbst bezeichnete, wäre ja auch nicht mehr der Jüngste. Er hätte als König das Erstrecht bei den jungen Frauen, aber die meisten bekämen Mädchen.

Nachdem der Häuptling geendet hatte, begann der Medizinmann, mit lautem Geklapper und Zischen auf uns einzuschreien. Hank konnte gar nicht so schnell übersetzen. Er beschränkte sich auf Stichworte: Tochter des Häuptlings als Geschenk für uns, aber nur, wenn wir seinen Sohn heilten! Wenn nicht, dann Strafe mit qualvollem Tod! Wir schauten uns entsetzt an:

Tochter oder Tod. Uns war klar, wir mussten die Kranken mit allen Mitteln heilen. Und danach so schnell wie möglich die Insel verlassen und das, wenn es nicht anders ging, auch heimlich bei Nacht und Nebel.

Wir versuchten den beiden zu erklären, dass es für eine Diagnose noch zu früh sei. Zuerst müssten wir noch einige Untersuchungen durchführen. Was vom Häuptling unwirsch zur Kenntnis genommen wurde, wohingegen der Medizinmann dem Häuptling triumphierende Blicke zuwarf, als wenn er sagen wollte: Ich habe es ja gleich gesagt, diese Ausländer wissen auch nicht mehr als ich.

Pflanzensammeln und Inselerkundungen waren unter diesen Umständen für Sven gestrichen. Er half bei der Pflege der Kranken und der Suche nach der Ursache der Krankheit.

Hank sterilisierte alles, was wir gebraucht hatten, penibel und hielt die Krankenhütte sauber und frei von Ungeziefer. Zu den Kranken hielt er großen Abstand. Er hatte Angst, sich anzustecken. Er hielt mit uns im Wechsel Nachtwache in unserer Hütte, so dass jeder sich immer für ein paar Stunden ausruhen konnten.

Als der Sohn des Häuptlings das nächste Mal wieder in Trance fiel, injizierte ich ihm ein Mittel gegen Epilepsie. Es war wie ein Wunder, danach wurden seine Glieder wieder weich und beweglich, er atmete tief und gleichmäßig und schlief ein. Er erholte sich zusehends und konnte wieder normal essen. Jetzt hatten wir es nur noch mit einem rätselhaften Kranken zu tun."

Erschöpft lehnt sich Peter zurück und wischt sich über Stirn und Augen. Er seufzt tief auf und knetet seine Hände. Die Zeit auf der Insel muss sehr anstrengend gewesen sein, er wirkt knochig und verhärmt, genau wie Sven bei unserem letzten Kontakt mit Skype.

„Gesa", sagt er „es tut mir so leid. Aber keiner konnte ahnen, was alles passieren würde." Ich rutsche unruhig auf meinem Sitz hin und her. Ich muss mich zusammen nehmen, um nicht laut zu schreien: 'Was ist mit Sven? Erklär mir genau, was ihm passiert ist. Wieso bist du hier und er ist im Krankenhaus? Warum seid ihr nicht früher abgehauen?'

Mein Vater merkt mir meine Verfassung an und legt seine Hände um mein Gesicht. „Gesa, beruhige dich. Peter hat doch keine Schuld. Du darfst ihn nicht verurteilen. Was auf diesen einsamen Inseln passiert, kann man nie vorher sagen. Die Menschen leben dort manchmal noch wie vor Jahrhunderten. Lass ihn einfach alles der Reihe nach erzählen, umso eher weißt du Bescheid. Das alles noch einmal in der Erinnerung zu durchleben, ist bedrückend genug für Peter. Also sei stark und höre einfach zu. Denke daran, du bist eine Insulanerin."

Dankbar sieht Peter meinen Vater an und berichtet weiter:

„Die Einzige, die den anderen kranken jungen Mann besuchen durfte, war die jüngste Tochter des Häuptlings. Hank hatte uns erklärt, dass sie dem jungen Mann versprochen sei und ihn heiraten solle. Es brauche aber keinen Zwang, weil sie ihn liebe. So wären alle zufrieden, die Vorbereitungen für die Hochzeit schon weit vorangeschritten.

Der Einzige, dem das mit der Hochzeit nicht gefallen hatte, war der Medizinmann. Er wollte die junge Frau für sich und war eifersüchtig. Er redete darum dem Häuptling ein, der junge Mann sei verhext. Der Bann könne nur aufgehoben werden, wenn er eine besondere Aufgabe erfüllen würde, zusätzlich zu denen, die vor der Vermählungszeremonie traditionell erfüllt werden müssen und die er alle schon bestanden hatte. Andernfalls würde er beide verdammen und sie müssten die Insel verlassen.

Der Häuptling wagte nicht, sich gegen ihn zu stellen. Die Aufgabe hörte sich einfach, sogar verlockend für den jungen Mann an. Normalerweise fuhren nur Männer mit Familie zur Hauptinsel, um zu besorgen, was gebraucht wurde. Nun sollte er bei der nächsten Fahrt dabei sein. Auf der Hauptinsel sollte er bei einer bestimmten Adresse etwas abholen. Es habe etwas mit dem Geschenk für die Braut zu tun, erklärte ihm der Medizinmann.

Was dort genau passiert war, hatten sie nicht herausbekommen. Am Abend kehrte der junge Mann jedenfalls nicht zum Boot zurück. Nachdem er auch am Morgen noch nicht aufgetaucht war, machten sich die anderen Männer von der Insel auf die Suche - noch nie hatten sie sich so weit vom Hafen entfernt. Keiner konnte ihnen eine Auskunft geben.

Sie entschlossen sich, notgedrungen ohne ihn zurückzukehren. Nur wenige Schritte vom Boot entfernt fanden sie ihn dann, fiebernd und völlig verschmutzt. Er war in ein ekelhaft stinkendes Tuch gehüllt, wimmerte und war nicht ansprechbar. Mit einer Hand umklammerte er einen Beutel aus buntem Tuch, den sie ihm nicht entreißen konnten. Am liebsten hätten sie ihn liegengelassen, aber sie wussten, die Strafe für sie und ihre Familien würde fürchterlich sein. Der Medizinmann hatte ihnen unmissverständlich erklärt, sie müssten den jungen Mann auf jeden Fall wieder mit auf die Insel bringen, egal wie. Sonst würde er ihre Familien verhexen und die Frauen würden nie wieder ein gesundes Kind bekommen.

Das alles hatte die Häuptlingstochter nach und nach von den Frauen der anderen erfahren, die damals mit auf die Hauptinsel gefahren waren, und unter Tränen Hank erzählt. Sie hatte ihm auch erzählt, warum sie das Bild von Hamburg so erschreckt hätte, das wir als Geschenk mitgebracht hätten: Einer von den Männern hätte bei einem

Aufenthalt auf der Hauptinsel ein T-Shirt von einem Touristen geschenkt bekommen und an seinen Sohn weitergegeben. Nachdem der es einige Zeit getragen hätte, sei er krank geworden. Der Medizinmann hätte von Hexerei gesprochen und es verbrannt, daraufhin sei der junge Mann wieder gesund geworden. Auf unserem Geschenk sei eine ähnliche Abbildung wie auf dem T-Shirt gewesen. Nun hätte sie Angst, dass wir auch Hexer seien und Unglück über ihr Volk und ihren Verlobten bringen würden. Nachdem Hank uns das erzählte hatte, forderten wir die junge Frau auf, das Bild zu verbrennen.

Damit die Häuptlingstochter sich noch sicherer fühlen konnte, baten wir sie, bei der Pflege ihres Verlobten zu helfen. Sie stellte sich sehr geschickt dabei an. Oft brachte sie Kräuter und Blätter von Bäumen mit, die uns unbekannt waren. Wir bedankten uns und versuchten, ihren Namen Kela richtig auszusprechen. Was aber jedes Mal nur

Gekicher zur Folge hatte. Wir konnten es nie richtig machen, so oft Hank es uns auch vorsprach. Aber Kela reagierte unabhängig davon, ob wir ihren Namen mit CH oder K aussprachen.

Wir haben bis zum Schluss leider fast nichts von ihrer Sprache verstanden. Selbst Hank hatte manches Mal Schwierigkeiten. Mit der Zeit lernten wir, vieles von ihrer Mimik abzulesen. Die Möglichkeit, sich zu verstellen, kannten die Bewohner nicht. Nur der Medizinmann war darin Meister, was auch an seiner grässlichen Maske lag, die er sich schminkte.

Ich hatte dem jungen Mann Infusionen gelegt, damit der Körper wieder genug Flüssigkeit bekam. In Abständen schien es so, als wenn das Fieber sinken würde. Dann war der junge Mann für Stunden fast klar und erzählte uns von Schlangen und schwarzen Ziegen. Er hätte einen grünen Brei essen müssen, damit er den Stein für das Licht bekam. Aber dann, von einer Sekunde zur anderen, fiel er wieder ins Koma.

Langsam war ich mit meinem Latein am Ende, ich habe alles Mögliche probiert. Die Blutuntersuchung ergab kein Ergebnis, mit dem ich etwas anfangen konnte, alles schien normal.

Tag für Tag umrundete der Medizinmann unsere Hütte und so oft wir aus der Hütte kamen, saß er auf einer Anhöhe und beobachtete uns.

Alles das, was wir uns erhofft hatten, seltene Pflanzen zu sammeln und Tiere zu beobachten, war bis jetzt nicht möglich gewesen. Svens einzige Freude war es, wenn er mit zur Hauptinsel rüber fahren konnte, um die nötigen Medikamente zu holen und mit dir zu skypen. Du hast ihm so gefehlt. Die Insel hat ihn regelrecht erdrückt. Aber er wollte mich auch nicht im Stich lassen.

Als ich nicht mehr weiter wusste, musste ich selbst rüber fahren und mit meinen

Kollegen in Hamburg sprechen. Viel konnten sie mir auch nicht helfen, aber einer sagte: Das hört sich verdammt nach einer Vergiftung an. Du solltest ihn zur Ader lassen und alle Sachen, mit denen er in Berührung gekommen ist, verbrennen. Das hört sich zwar altmodisch an, aber oft hilft es.

Wir haben dann Kela gesagt, dass sie mindestens zwei Tage nicht kommen dürfe und alle Kleidung, die sie beim Besuch des Kranken getragen hätte, solle sie verbrennen. Und ihre Hütte ausräuchern und auch das Boot, mit dem er damals gefahren war. Hank würde ihr Bescheid geben, wenn sie den Kranken wieder besuchen dürfe. Dann solle sie aber auf keinen Fall wieder Kräuter oder Blätter dabeihaben, da die Fieberschübe immer dann zurückgekommen seien, nachdem sie welche mitgebracht gebracht hatte.

Wie sich bei der Befragung durch Hank herausstellte, waren die von ihr gesammelten

Kräuter vom Medizinmann mit einem Schwall aus seinem Mund besprüht worden, bevor sie sie zu uns brachte. Er hatte ihr versichert, nur dadurch könnte ihr Geliebter wieder gesund werden. Wir Ärzte wären nur Angeber und hätten keine Ahnung. Wenn sie ihm nicht folgen würde, könnte ihre ganze Familie sterben.

Nachdem wir Kela aufgetragen hatten, alles zu verbrennen, war sie vollkommen verunsichert. Weinend lief sie zu ihrem Vater, bei dem sich gerade der Medizinmann aufhielt. Als der hörte, was sie machen sollte, drehte er fast durch, sein Gebrüll war unglaublich. Aber seit sein Sohn wieder gesund geworden war, traute der Häuptling dem Medizinmann nicht mehr. Schließlich hatten wir es ja geschafft, dass sein Sohn wieder gesund geworden war, was dem Medizinmann nicht gelungen war. So befahl er seiner Tochter, alles so zu machen, wie wir es verlangt hatten.

Wir gingen nach diesem Auftritt des Medizinmannes mit noch größerer Aufmerksamkeit zu Werke und einer von uns hielt immer Wache bei dem Kranken. Alles wurde peinlich genau sterilisiert, die Hütte ausgeräuchert und die Kleidungsstücke des jungen Mannes verbrannt. Auch unsere Kleidung gaben wir ins Feuer.

Nur den bunten Beutel hatte der Kranke nicht hergeben wollen. Er hielt ihn so fest umklammert, dass wir ihn nur nach einer leichten Betäubung aus seiner Hand winden konnten. Ein starker Gestank nach Verwesung entströmte dem Beutel. Wenn man ihn schüttelte, gab er ein raschelndes Geräusch von sich. Keiner von uns mochte ihn öffnen. Weil wir nicht wussten, was wir mit dem Beutel machen sollten, legte ich ihn in eines der Schraubgläser, in denen ich auch mir unbekannte Blätter und Kräuter aufbewahrte. Zurück in Deutschland würde ich ihn untersuchen.

Der Medizinmann hatte mit einer Gruppe junger Krieger aus einiger Entfernung unsere Aktion genau beobachtet. Aufgeregt sprachen die Männer untereinander. Der Medizinmann stieß in Abständen schrille Töne aus. Wir taten so, als wenn wir es nicht bemerkten. Aber Hank warnte uns: „Das hört sich sehr gefährlich an. Sobald es dem jungen Mann besser geht, sollten wir hier verschwinden. Am besten wäre sofort."

Seit ich ihm den Stoffbeutel abgenommen hatte, lag der junge Mann die meiste Zeit in tiefem Schlaf. Was genau ihn aus dem Koma zurückgeholt hatte, war uns ein Rätsel. Von Tag zu Tag ging es ihm besser, seine Kräfte kehrten langsam zurück. Er konnte wieder normal essen und trinken. Das Fieber sank stetig, so als wäre der Bann gebrochen.

Nur seine Erinnerung war noch getrübt. Kela durfte ihn wieder besuchen, der junge Mann erkannte sie nicht. Sie erklärte ihm unter Tränen, wer sie war und wie sie zueinander standen. Aber für ihn schien sie eine völlig Fremde zu sein. Vollkommen aufgelöst rannte sie zu ihrem Vater, der daraufhin gleich zu uns in die Krankenhütte eilte.

Auch ihn, den König, erkannte der junge Mann nicht. Der Häuptling verfiel vor unseren Augen. Erst jetzt nahmen wir wahr, dass er ein alter Mann war. Seine aufrechte Haltung und seine starke Ausstrahlung waren mit einem Schlag wie weggewischt. Murmelnd, mit schleppenden Schritten, verließ er die Hütte. Uns befahl er: „Kümmert euch nicht mehr um ihn. Er muss sterben. Er ist verhext." Wir wussten nicht, was wir davon halten sollten.

Wenig später kam der Medizinmann zur Hütte und tat ganz unterwürfig. Er könne den jungen Mann heilen. Wir müssten ihm nur den bunten Beutel geben, dann könnte er den Bann lösen. Als der junge Mann das hörte, schrie er auf und schlug wild um sich. Nur mit

Mühe konnte Hank ihn beruhigen, indem er ihm versicherte, der Medizinmann könne ihm nichts tun, wir würden auf ihn aufpassen.

Dem Medizinmann erklärten wir, wir hätten den Beutel verbrannt und jetzt sei nicht der richtige Zeitpunkt, um mit dem jungen Mann zu sprechen, der wäre noch zu schwach. Zwei bis drei Tage müsse er noch warten. Murrend zog der Medizinmann ab, nicht ohne uns noch mit zischenden Lauten und drohenden Gebärden zu verdammen.

Wir waren unsicher, wie wir uns verhalten sollten. Waren uns aber einig, wir dürften den jungen Mann auf keinen Fall dem Medizinmann ausliefern. Er hatte deutlich Angst gezeigt und wollte mit uns weg von der Insel.

Das aber war nicht möglich. Wir selbst hatten ja kein Boot und die Männer von der Insel würden uns nicht gehen lassen, das war klar. Wir fühlten uns wie in einem Gefängnis und beratschlagten, wie wir die Insel verlassen könnten. Ein Schiff müsste zu einem verabredeten Zeitpunkt kommen und uns von der Insel holen. Am besten bei Nacht. Sven sollte mit dem nächsten Boot, das Vorräte holte, mit zur Hauptinsel fahren und dort unsere Flucht organisieren.

Vorsichtshalber erzählten wir Hank nichts von unserem Plan. Denn was er nicht wusste, konnte er nicht ausplaudern, auch nicht, wenn der Medizinmann ihn unter Druck setzen würde, nach dem Motto, du musst zu deinen Landsleuten halten oder wir müssen dich auch umbringen. Ich sagte zu ihm nur: 'Sven wird für zwei Tage auf der Hauptinsel bleiben. Wir benötigen noch andere Medizin. Der Kranke braucht weitere Pflege, er muss genug Kräfte ansammeln, um mit dem Medizinmann zu sprechen. Er hat Angst vor ihm. Wenn er stark genug ist, wird sich das legen.'

Ich weiß nicht, ob Hank mir geglaubt hat, denn er murmelte nur etwas. Als ich nachfragte, was er mir hatte sagen wollen, schüttelte er nur den Kopf und drehte sich weg.

Nachdem das Boot mit Sven abgelegt hatte, kam Kela zu mir. Sie brachte wunderschöne Muscheln und geflochtene Gürtel. Sie bat unter Tränen, wir sollten ihr doch den Beutel aushändigen. Für uns sei er doch wertlos, nur durch den Medizinmann könne der junge Mann wieder der Alte werden. Sie kniete vor mir und flehte mich an.

Ach, hätte ich ihr den Beutel damals doch nur gegeben. Wahrscheinlich wäre dann alles nicht passiert. Aber ich habe ihr das Gleiche gesagt wie dem Medizinmann, er wäre verbrannt. Heute denke ich, wenn sie den Beutel bekommen hätte, wäre alles gut verlaufen und wir wären mit Sicherheit heil von der Insel runter gekommen. Jetzt muss Sven so leiden und keiner weiß, ob er wieder gesund wird."

Peter schlug die Hände vor sein Gesicht und schluchzte. Mein Vater legte ihm tröstend

eine Hand auf die Schulter und drückte sie:
„Lass es raus. Es wird dich sowieso dein
Leben lang begleiten."

„Aber ich bin schuld. Ich wollte unbedingt
den Beutel behalten und ihn untersuchen."

„Nein", sagte mein Vater energisch „sie
hätten euch nie gehen lassen. Das hätte der
Medizinmann gar nicht zulassen können. Ihr
wäret nie mehr von dieser Insel runter
gekommen, sie hätten euch alle getötet."

„Ja, vielleicht hast du Recht", sagte Peter
wischte sich über die Augen und erzählt
weiter:

Nachdem Sven zurück war, machten wir
uns daran, so unauffällig wie möglich unsere
Aufzeichnungen und die Gläser mit Kräutern
und dem grässlichen Beutel in einer
Blechkiste zu verpacken. In einer Woche
wollte uns ein Schiff abholen. Die Geräte
würden wir nicht mitnehmen können, das war
uns klar. Von Hank und dem jungen Kranken
wurden wir misstrauisch beäugt. Um ihre

Zweifel zu zerstreuen, erlaubten wir Kela, den Kranken, dem es jeden Tag besser ging, oft zu besuchen. Zuerst war der junge Mann, den Kela zärtlich Koko nannte, zurückhaltend, aber nach kurzer Zeit unterhielten sich die beiden bestens. Er sagte, er wisse zwar immer noch nicht, wer sie sei. Aber sie sei sehr nett und würde ihn zum Lachen bringen.

Wir hatten den Eindruck, als hätte sich die Lage entspannt. Jetzt, wo wir uns nicht mehr ständig um unseren Kranken kümmern mussten, unternahmen Sven und ich Erkundungsausflüge in der näheren Umgebung. Wenn nicht diese unheilvolle Situation wäre, hätte man die Insel als das letzte Paradies bezeichnen können. Selbst Sven, der ja schon auf so vielen Inseln der Welt war, begeisterte sich an der Vegetation und den Tieren.

Dann waren es nur noch zwei Tage, bis wir abgeholt werden sollten. Wir bekamen mit, dass Kela den jungen Mann vorsichtig über den Beutel ausfragte. Weil Koko sich nicht erinnerte, fragte er uns nach ihm. Ich erzählte auch ihm, dass wir ihn verbrannt hätten.

Abends kam der Medizinmann zu uns. Er wolle sich entschuldigen und gerne mit uns zusammen arbeiten. Sicher würden wir ihm viel beibringen können. Dafür würde er uns in seine Geheimnisse einweihen und er könne uns viele Heilkräuter zeigen.

Um ihn nicht misstrauisch zu machen, willigten wir ein und verabredeten für den nächsten Tag einen Ausflug zu seinen besonderen Kräutern. Hank sollte bei dem Kranken bleiben und die Häuptlingstochter ihn unterstützen.

Uns war nicht wohl bei dem Gedanken, die beiden mit dem Kranken so lange allein zu lassen. Wir weihten Hank in unseren Fluchtplan ein. Der war nicht überrascht. Im Gegenteil, er hatte schon damit gerechnet und aus seinen Sachen ein kleines Notbündel, wie er es nannte, geschnürt. So sei er jederzeit bereit zu fliehen. In der Nacht vor dem Ausflug vergruben wir die Blechkiste am Strand, während Hank Wache hielt.

Ganz früh am nächsten Morgen wanderten wir los. Die Tiere erwachten gerade und die Sonnenstrahlen glitzerten in den tausend Tropfen, die sich auf den Blättern gesammelt hatten. Tief tauchten wir in den Urwald ein. Der Weg, als solcher für uns nicht zu erkennen, führte uns stetig bergauf. Die Vegetation veränderte sich. Die Bäume wurden höher und das Buschwerk erinnerte stark an riesige Erikabüsche. Der Geruch war ein Gemisch aus modrigen Sumpf und süßem Blütenduft.

Wir suchten nach den Blumen, die den Duft verströmten, und konnten nur tausende kleine, weiße Blüten entdecken, die Ähnlichkeit hatten mit unseren Gänseblümchen. Sie wuchsen auf großen, ansonsten kahlen Flächen. Als Sven sich bückte und einige Blüten abpflücken wollte, kreischte der Medizinmann auf. Mit Gebärden machte er uns klar, diese Blumen seien giftig. Sven und ich waren erstaunt, warum hatte er uns gewarnt? Denn wir waren uns ja sicher, dass der Medizinmann uns etwas antun wollte. Waren wir noch nicht am richtigen Ort für seinen Plan? Wahrscheinlich gab es einen heiligen Platz, an dem sie Rituale abhielten, und da sollten wir sterben. So würde er seinem Gott gleich zwei Menschenopfer bringen können und würde vor seinem Volk selbst gottgleich werden.

Mittags rasteten wir kurz, tranken von unserem Wasser und aßen ein paar Kräcker. Das Essen, das uns der Medizinmann anbot, lehnten wir höflich ab und machten ihm mit Gebärden klar, dass unser Gedärm das nicht vertragen würde. Den Medizinmann schien unsere Ablehnung nicht zu stören.

Bisher hatten wir noch keine unbekannten Kräuter entdeckt. Auf unsere fragenden Blicke nur Schulterzucken. Er gab uns zu verstehen, in einer Stunde wären wir am Ziel. Dort würden wir Unmengen von Wunderkräutern vorfinden. Nach einer weiteren halben Stunde bergauf waren die Bäume nur noch klein und krüppelig, das Buschwerk nicht höher als wir. Es roch nicht mehr moderig, gelegentlich brachte eine leichte Brise sogar den Geruch des Meeres mit. Vor einem Höhleneingang stoppten wir.

Der Medizinmann klopfte an einen großen Busch und das, was wir für Blüten gehalten hatten, erhob sich in die Luft. Tausende Schmetterlinge tanzten im Sonnenschein. Das war bis jetzt das Schönste, was wir auf der Insel gesehen hatten. Der Medizinmann bemerkte unser Verzücken, er beobachtete uns genau. Urplötzlich fing er einen der handtellergroßen Schmetterlinge, verzog seinen Mund zu einem unangenehmen Grinsen und zeigte uns seine spitz gefeilten Zähne. Dann öffnete er seine Hand vorsichtig und riss dem Tier die Flügel aus, steckte den

Körper in seinen Mund und zermalmte ihn. Dann zischte er uns an. Was hatte er uns demonstrieren wollen? Dass er mit uns das Gleiche tun könnte, und wir schon so gut wie tot wären?

Ich weiß nicht, was sich Sven dabei gedacht hat, wir haben auch später nicht darüber gesprochen, jedenfalls begann er plötzlich, wie wild in die Hände zu klatschen, als wenn er applaudierte, und wurde dabei immer schneller. Ich fiel ein. Wir riefen „Hurra, toll, bravo" und ich weiß nicht mehr, was noch alles. Wir hüpften herum, als wären wir begeistert. Wir gerieten völlig außer Rand und Band.

Mit Mühe beruhigten wir uns irgendwann und setzten uns auf einen der Steine, die im Halbrund vor der Höhle lagen. Wie in einem Theater, ging es mir durch den Kopf.

Der Medizinmann hatte uns mit offenem Mund verblüfft angestarrt. Wir hatten ihn wohl völlig aus der Fassung gebracht.

Abrupt drehte er sich um und stapfte in die Höhle. Wir waren ratlos, sollten wir ihm folgen oder lieber warten? Wir beschlossen, draußen zu bleiben. Denn in der Höhle wuchsen die Kräuter bestimmt nicht. Nach einigen Minuten kam er wieder zurück. In einer Hand hielt er zwei Fledermäuse, die furchtbar zappelten. Er nahm die Tiere und schwenkte sie, als wenn er sie fliegen lassen wollte. Aber er hatte etwas ganz anderes mit ihnen vor.

Er führte sie zu seinem Mund und biss erst der einen, dann der anderen den Kopf ab. Dann blähte er seine Wangen auf, besprühte erst Sven mit einem Schwall Blut und danach mich. Damit hatten wir nicht gerechnet. Es gab keine Möglichkeit, sich weg zu ducken. Es traf uns beide voll im Gesicht.

Schnell versuchten wir, mit unserem Trinkwasser alles abzuwaschen, und säuberten uns gegenseitig. Hämisch lachend machte der Medizinmann eine Geste, die andeuten sollte, bald würden wir keine Luft mehr bekommen und sterben. Mit hoch erhobenen Kopf ging er wieder in die Höhle hinein und winkte uns, dass wir ihm folgen sollten. Wir wären dazu gar nicht in der Lage gewesen, selbst wenn wir gewollt hätten. Wir fühlten uns, als wären wir am Boden festgewachsen.

Sven spürte als erster Atembeschwerden. Ich führte ihn etwas abseits, so dass wir nicht aus dem Inneren der Höhle beobachtet werden konnten, bettete ihn mit dem Kopf auf seinen Rucksack und gab ihm eine Tüte, in die er ruhig ein- und ausatmen sollte. Nach kurzer Zeit fielen ihm die Augen zu. Er war nicht mehr ansprechbar, aber sein Atem ging wieder ruhig und gleichmäßig.

Auch ich spürte jetzt eine starke Müdigkeit und meine Glieder waren schwer. Ich wehrte mich dagegen und schrie, während ich hin und her ging: „Wenn du was sehen willst, musst du schon aus dem Loch raus kommen. Sven liegt hier schon. Bald werde ich daneben liegen. Das hast du dir gut ausgedacht. Keiner wird uns hier finden. Aber du bist nur ein Wurm, nie wirst Du ein Gott. Du wirst deine Strafe noch bekommen."

Mir war klar, dass er meine Worte nicht verstand. Aber ich musste einfach meine ganze Wut der vergangenen Monate hinaus brüllen. Dann ließen auch meine Kräfte nach. Langsam kippte ich auf die Knie und fiel zu Boden. Ich war bei Bewusstsein, aber nicht mehr in der Lage, mich zu bewegen. Alles lief wie ein Film ab.

Der Medizinmann sprang aus der Höhle, darauf hatte er wohl gewartet, er würde mit uns machen können, was er wollte, uns umbringen, vermutete ich. Er trommelte sich auf die Brust und stieß schrille Laute aus. Tanzte vor uns wild auf und ab. Lachte wie verrückt, kam dicht an mich heran und blies mir seinen stinkigen Atem ins Gesicht.

Dann nahm er meinen Rucksack und verschwand zu meiner Erleichterung im Wald.

Sven, der als erster den widerlichen Blutstrahl abbekommen hatte, bekam von allem nichts mit. Der zweite, der mich erwischt hatte, hatte wahrscheinlich nicht mehr so viel Gift enthalten. Auch wenn ich mich nicht mehr bewegen konnte, so funktionierte doch mein Kopf noch. Wie lange würde die Betäubung anhalten? Wir würden die Nacht über ungeschützt im Freien verbringen müssen. In spätestens einer halben Stunde würde es dunkel sein. Was für Tiere gab es hier? Die Gedanken in meinem Kopf drehten sich immer schneller. Irgendwann schlief ich erschöpft ein.

Entsetzt fuhr ich hoch, als eine Hand mich leicht berührte. Am Himmel zeigte sich eine diffuse Helligkeit. Wir hatten die Nacht überlebt, immerhin das. Tausend Gedanken schossen mir gleichzeitig durch den Kopf: Der Medizinmann ist zurück. Er bringt uns um. Er wird uns foltern. Er wird uns verbrennen. Warum erst jetzt?

Dann hörte ich die Häuptlingstochter flüstern: „Doc, Doc", und noch viele Worte, die ich nicht verstand. Aber ich begriff, sie war gestern hinter uns her geschlichen und hatte uns die ganze Nacht bewacht. Der Medizinmann hätte vor unserem Aufbruch laut im Dorf verkündet, von diesem Ausflug würden wir nie mehr zurückkehren, er würde uns vernichten. Weil Kela und Koko beschlossen hatten, die Insel zu verlassen, und ihnen das nur mit uns gelingen würde, mussten sie uns beschützen.

Mit Mühe bekam ich Sven so weit wach, dass er verstand, worum es ging: Wir mussten uns schnell auf den Rückweg machen. Vielleicht würde der Medizinmann zurückkommen, um zu kontrollieren, ob wir noch lebten.

Kela führte uns einen Weg abwärts, der einfacher und kürzer war. Sven war immer noch desorientiert. Oft musste ich ihn unterwegs stützen, er klagte über Schwindel und Sehschwierigkeit, hatte Fieber. Als wir an einen kleinen Bach kamen, zog ich mein T-Shirt aus, um es nass zu machen und Sven um den Kopf zu binden, damit er ein wenig Abkühlung hätte. Entsetzt schrie Kela auf und machte mir klar, wie gefährlich dieses Wasser war: Klitzekleine Würmer tummelten sich darin. Die würden sich in die Haut bohren und in die Eingeweide gelangen. Ein schrecklicher Tod wäre die Folge. Sie führte uns zu einem kleinen Wasserfall und bedeutete uns, dass dieses Wasser direkt aus dem Berg gutes Wasser und sogar trinkbar wäre.

Am späten Nachmittag kamen wir völlig erschöpft im Dorf an, wir hatten viele Pausen machen müssen. Sven hatte sich nur noch mit meiner Hilfe vorwärts geschleppt, aber auch ich hatte mich kaum noch auf den Beinen halten können

Im Dorf empfing uns eisiges Schweigen. Die meisten Dorfbewohner senkten den Blick. Der Medizinmann war nicht dabei. Auch der

Häuptling war nirgends zu sehen. Von unserer Hütte und der Krankenhütte waren nur noch rauchende Trümmer übrig, von Hank und dem jungen Mann keine Spur.

Schreiend lief Kela auf die verbrannten Reste der Krankenhütte zu. Zwei Frauen lösten sich aus dem Pulk. Eine hielt sie fest, die andere redete auf sie ein. Kela zitterte am ganzen Körper und sank langsam in sich zusammen. Die beiden Frauen trugen sie fort, so wie man ein erlegtes Tier transportieren würde - jede nahm ein Bein und einen Arm, in der Mitte schleifte Kelas Körper fast auf dem Boden.

Bei dem Anblick der verbrannten Hütte und Kelas Geschrei war ein Ruck durch Sven gegangen. Er richtete sich kerzengerade auf und ging auf die Männer zu, die mittlerweile mit gespannten Bögen auf uns zielten. Er legte eine Hand auf sein Herz, die andere hob er in die Höhe. So als wollte er einen Schwur leisten, es sah beeindruckend aus.

Für einen Moment senkten die Männer unschlüssig ihre Bögen. Sofort ertönten im Hintergrund ungeduldige Trommelgeräusche, die Mäner legten wieder an. Ich schrie Sven an: „Komm zurück, los, beeile dich. Die bringen dich doch um.“

Inzwischen hatte sich Dunkelheit über die Insel gesenkt. Das war die Zeit, zu der unsere Retter kommen sollten. Und tatsächlich ertönte ein Schiffshorn. Sie waren gleich mit zwei Schiffen gekommen. Eines davon ein Polizeiboot, auf dem sich auch ein Arzt befand. Unsere Schilderungen über den Zustand auf der Insel hatten auf der Hauptinsel die Verantwortlichen in Alarm versetzt. Sie wollten nicht riskieren, dass wir im letzten Moment umgebracht würden.

Die Polizisten feuerten Schüsse in die Luft. Was einige Männer davonrennen ließ, aber noch mindestens zehn von ihnen zielten weiter mit ihren gespannten Bögen auf uns und die Trommeln wurden noch lauter und hektischer als zuvor geschlagen. Da drehte Sven sich abrupt um und rannte zum Ufer und ins Wasser, ich sofort hinter ihm her.

Aus dem Augenwinkel sah ich den Medizinmann auf mich zu rennen. Unter wildem Geschrei schwang er mit wutverzerrtem Gesicht sein Messer. Ich wusste, ich würde das Wasser nicht mehr rechtzeitig erreichen können. So stoppte ich und stellte ihm ein Bein. In hohem Bogen flog er unsanft mit dem Kopf gegen einen Baum und blieb reglos liegen. Ich schwöre es euch, ich habe es genau gesehen, in dem Moment kroch aus seinem Mund eine kleine grüne Schlange. Das konnte nur bedeuten, dass er tot war.

Hank, der sich in letzter Minute mit Brand- und Schnittwunden auf das Schiff hatte retten können, hatte noch unsere Blechkiste ausgegraben und an Bord gebracht. Ich werde ihm für immer dankbar sein. So war die Expedition doch nicht ganz umsonst.

Wie hatte ich nur so eingebildet sein können und denken, wir kommen da hin und alles ist wieder in Ordnung! Kelas Schreie und das Geräusch der Trommeln werde ich nie vergessen. Kela werden sie mit Sicherheit auch getötet haben, so wie Koko tot war. Er wäre in der Hütte verbrannt, erzählte uns Hank. Alle tot, wir hatten niemandem helfen können.

Ich befürchte, das ist der Untergang von Kelas Volk. Der Häuptling ist alt und wird bald sterben. Sein Sohn ist noch zu jung und unerfahren, fast noch ein Kind, er wird sein Volk nicht führen können. Und jetzt, wo sie keinen Medizinmann mehr haben, werden sie völlig hilflos sein. Obwohl der durch Hass und Eifersucht für das ganze Unglück verantwortlich war. Auf der Hauptinsel warten anscheinend viele nur darauf, dass sie Kelas Insel räumen können, jedenfalls hörte ich, dass es schon Pläne für den Tourismus gibt. Wie soll ich mit dieser Bürde nur leben?"

Peter ist in sich zusammen gesunken und hat die Hände vors Gesicht geschlagen. Er wirkt vollkommen weggetreten. Seine Gedanken sind sicher auf der verfluchten Insel.

Mein Vater springt auf und reißt Peter die Hände vom Gesicht. „Nein", schreit er, „der Medizinmann ist mit Sicherheit nicht tot. Ich kenne ihre Tricks. Ich bin lange genug die Afrikaroute gefahren. Einmal hatte sich unser Koch verletzt und musste in die Klinik. Da habe ich einen Arzt kennen gelernt, der in Hamburg studiert hatte. Wir haben uns angefreundet. Wir haben uns getroffen, wenn mein Schiff im Hafen lag und seine Zeit es erlaubte. Er freute sich, wenn er mit mir Deutsch sprechen konnte. Bei einem Besuch zeigte ich ihm meinen Ausschlag, der von Zeit zu Zeit immer wiederkehrte. Ja, meinte er, damit gehen wir am besten zum Medizinmann. Er würde sich oft Rat bei ihm holen. Denn Heilung und Glauben gehen oft

Hand in Hand. Der Medizinmann hätte ihm so manchen Trick verraten. Auch den mit der Schlange. Sie tragen in einem kleinen Beutel um den Hals eine kleine, meistens grüne Schlange. Der melken sie regelmäßig das Gift ab. Das brauchen sie für ihre Medizin. Und durch das Melken ist die Schlange keine Gefahr für sie, stattdessen verschafft sie ihnen großen Respekt. Als dein Medizinmann gegen den Baum geknallt ist, ist die Schlange aus dem Beutel um seinen Hals heraus gekrochen, so dass du den Eindruck hattest, sie käme aus seinem Mund. Nein, mach dir keine Gedanken", versichert mein Vater Peter. „Vermutlich ist der Medizinmann bei bester Gesundheit."

Peter ist die Erleichterung anzusehen. Er richtet sich wieder gerade auf und meint: „Ich will dir gerne glauben, aber die Ereignisse stehen mir immer vor Augen. Das Schlimmste war, dass noch ein Pfeil Sven ins Bein traf. Mit Sicherheit war der vergiftet, denn danach ging es ihm richtig schlecht. Er bekam hohes Fieber und Schüttelfrost, war zeitweise nicht mehr ansprechbar und seine Augen waren fast zugeschwollen und entzündet. Auf der Hauptinsel hatten sie zum Glück alles vorbereitet, sodass wir gleich abfliegen konnten. Aber der Flug nach Hamburg hätte zu lange gedauert, das wollte ich nicht mehr riskieren, obwohl ich da ja meine Kollegen habe. In Frankfurt ist er erst einmal gut aufgehoben."

Mein Vater nimmt mich fest in seine Arme. „Du wirst deinen Sven zu Weihnachten heiraten. Ich bin sicher, dass er gesund wird. Du weißt, wir Insulaner haben das zweite Gesicht. Also Kopf hoch!"

Er sagt das mit so viel Zuversicht. Ich glaube ihm sofort.

Gesa

Nur durch eine Scheibe darf ich Sven sehen. Ich nehme nur die vielen Schläuche wahr, alles andere verschwamm vor meinen Augen. Der Arzt nimmt sich gleich Zeit, um mit uns zu sprechen. Gefasst höre ich mir seine Erklärungen an. Sie hätten eine Blutwäsche gemacht und verschiedene Infusionen gelegt. Das Fieber sei schon nach unten gegangen, Kreislauf und Herzfrequenz jetzt stabil. Was ihm Sorgen mache, wären Svens Augen. Er könne nur verschwommen sehen und sie seien entzündet. Aber auch da, ist der Arzt der Meinung, sei Besserung zu erwarten. Der Arzt gibt sich vorsichtig zuversichtlich.

Erst am nächsten Tag könne ich Sven besuchen. Sie hätten ihm ein Beruhigungsmittel gespritzt, damit würde er die Nacht durchschlafen. Er brauche viel Ruhe, wird mir erklärt. Der Arzt bietet mir auch eine Beruhigungstablette an. „So aufgewühlt, wie Sie sind, könnten wir Sie nicht zu ihm lassen."

Ich will gerade ablehnen, als Peter neben mir unvermittelt laut aufseufzt. Erschrocken drehe ich mich zu ihm. Ich sehe, wie er die Augen verdreht und in sich zusammensackt. Zum Glück packen der Arzt und mein Vater gleichzeitig zu, so dass er nicht fällt. Vorsichtig hieven sie ihn in einen Rollstuhl und bringen ihn in ein Behandlungszimmer.

„Er bleibt über Nacht bei uns", erklärt uns der Arzt. „Er ist völlig erschöpft und sein Kreislauf spielt verrückt. Hier haben wir alles unter Kontrolle. Morgen können Sie dann beide besuchen."

Am nächsten Morgen muss ich in einen Anzug schlüpfen, der mich von Kopf bis Fuß einhüllt. Ich sehe aus wie ein Gespenst. Durch eine Desinfektionsschleuse gelange ich zu Sven ins Zimmer. Schmal und zerbrechlich wirkt er. Seine Haare sind schneeweiß und lang. Ein buschiger Bart, der erstaunlicherweise pechschwarz ist, verhüllt fast sein ganzes Gesicht. Er schläft, aber seine Hände fahren unruhig auf der Bettdecke hin und her. In Abständen seufzt er tief im Schlaf auf.

Ich setze mich vorsichtig an sein Bett. Ich will ihn nicht aufwecken. Aber er muss etwas gespürt haben, denn er fragt erschrocken, mit weit aufgerissenen Augen: „Wer ist da? Wo bin ich? Bitte sprechen Sie mit mir."

Ich muss schlucken, denn alle Worte, die ich mir zurechtgelegt hatte, sind wie Seifenblasen zerplatzt. „Ich bin es, Gesa. Du bist in Deutschland, im Krankenhaus."

Ein tiefer Seufzer der Erleichterung kommt von Sven. „Gott sei Dank." Dann wird Sven wieder unruhig. Stoßweise bringt er heraus: „Geh weg! Ich kann nicht mehr sehen. Ich bin blind. Ich will kein Mitleid. Lass mich allein. Sag ja nichts zu Tante Wilma. Ich will nicht, dass sie mich so sieht. Du darfst mich nicht heiraten! Verschwinde!"

Empört reagiere ich auf sein Gerede. „Das könnte dir so passen, dich vor der Hochzeit zu drücken. Das hast du dir ja schön ausgedacht, von wegen nicht heiraten, Sven Otte. Was meinst du, was die Tanten dazu sagen werden? Die ziehen dir die Hammelbeine lang. Schließlich ist alles schon bestellt und was das alles kostet."

Ich bin wütend und ereifere mich immer mehr. Ich rede vollkommenen Blödsinn. Die Angst der letzten Monate sprudelt nur so aus mir heraus. Ich kann es nicht stoppen. Zum Schluss sage ich noch energisch: „Du wirst schon sehen, mich wirst nicht wieder los. Ein Insulaner steht zu seinem Wort."

Erst das laute Piepen der Apparate, an die Sven angeschlossen ist, bringen mich zur Besinnung. Sven ist in Ohnmacht gefallen. Schnell werde ich aus dem Zimmer geschoben.

Draußen falle ich meinem Vater in die Arme und weine hemmungslos. Kurz danach kommt der Arzt und beruhigt uns. Es ist alles in Ordnung. Es war ein bisschen viel

Aufregung. Der Arzt hat sogar die gute Nachricht, dass in zwei Tagen Sven und Peter nach Hamburg ins Tropenkrankenhaus geflogen werden. „Dann haben Sie ihn wieder fast zu Hause"; meint er. Dort im Krankenhaus seien sie vorbereitet und gespannt darauf, welche neuen Erkenntnisse die Untersuchungen von Sven ergeben würden.

Ich weine schon wieder, aber dieses Mal vor Erleichterung. Ich bitte meinen Vater, die Tanten zu benachrichtigen. Wenn Sven in Hamburg ist, können sie ihn besuchen. Vielleicht wird er ja schneller gesund, wenn alle bei ihm sein können, denke ich.

Peter berappelt sich bis zur geplanten Verlegung nach Hamburg tatsächlich wieder und so werden beide zusammen nach Hamburg geflogen, Sven verpackt im Isolierzelt. Mein Vater und ich fliegen auch, mit einer anderen Maschine, und fahren nach der Ankunft gleich weiter auf die Insel. Natürlich sind die Tanten, trotz der sehr vorsichtigen Schilderung meines Vaters am Telefon, schockiert. Alle Einzelheiten erzählen wir ihnen auch jetzt nicht. Das soll Sven später lieber selber machen, wenn er will. Aber nach unserem Bericht sind die beiden doch etwas beruhigt.

Tante Wilma sagt voller Überzeugung: „Insulaner sind zäh und Sven ist mehr Insulaner als einer, der hier geboren ist. Der wird wieder!" Und sie hatte recht. Mehr noch: Sven erholte sich sogar erstaunlich schnell. Er musste nicht lange auf der Isolierstation bleiben. Man hat keine ansteckenden Viren oder Keime bei ihm gefunden.

Nur sein Augenlicht ist in Mitleidenschaft gezogen. Er wird in Zukunft immer eine Brille tragen müssen. Ich erklärte ihm, mit seinen weißen Haaren und der Brille sehe er aus wie ein Gelehrter. Jetzt müsse ich wohl doppelt aufpassen, damit sich keine Studentin in ihn verliebe. Den wilden Bart hat er wieder abrasiert.

In seinen Hochzeitsanzug mussten genau wie in mein Kleid einige Abnäher genäht werden. Und trotzdem kann er seine Hose nur mit Hosenträgern anziehen, sonst würde er sie verlieren. Wir beide haben an Gewicht verloren, aber die Tanten werden uns mit Vergnügen aufpäppeln.

Am Polterabend, das ist auf der Insel Sitte, muss das Brautpaar, zusammen und gleichzeitig, eine Suppenschüssel, die in ein Tuch gewickelt ist, zertreten. Bei uns klappt es gleich auf Anhieb und damit ist uns eine lange Ehe prophezeit. Mit lautem Topfdeckelgeschepper und Hurrarufen gratuliert man uns. Leise sagt Sven: „Wie damals mit den Piraten."

Ich schaue ihn erstaunt an. „Ich erzähle es dir später", erklärt er mir.

Als wir am Hochzeitstag aus der Kirche kommen, empfangen uns strahlender Sonnenschein - und Schneeflocken. Für einen Moment ist Sven geblendet und verunsichert.

Ich greife fest seine Hand und führe ihn zur Kutsche. Ich höre noch Svens Mutter rufen: „Ach, wie schön, Schnee. Den habe ich doch sehr vermisst in Spanien." Svens Vater nimmt sie in den Arm und tupft ihr die Tränen weg.

Das Mittagessen war, wie wir uns das gewünscht hatten: einfache, wunderbare Inselkost. Vorweg die Hochzeitssuppe. Dann Wilmas berühmtes Gulasch mit Mehlklüten. Für den besonderen Anlass Salzwiesenlamm mit Rotkohl und Kartoffelklößen. Und damit alle Kindheitserinnerungen zusammenfanden, gab es als Nachtisch Grießpudding mit Kirschen.

Ein um das andere Mal hörte ich ein seliges Seufzen von Sven und seiner Mutter. Leise sagte Sven zu mir: „Opa Weiler lächelt bestimmt auf seiner Wolke. Warum, das erzähle ich dir auch später."

Danach radelten wir allein zu unserer Bank, jedenfalls fast allein. Denn Bella lief mit angelegten Ohren vorweg. Seit seiner

Rückkehr weicht sie Sven nicht mehr von der Seite. Sie wusste genau, wo wir hin wollten, dorthin, wo wir unsere erste Verabredung hatten und uns zum ersten Mal küssten. Hier erneuern wir unser Hochzeitsversprechen:

„Ob Ebbe, ob Flut,
nur zusammen wird alles gut.
Wir bleiben Insulaner, für immer."

Zur Autorin

 Das Funkeln eines Schmuckstücks kommt oft aus einem kaum bemerkten Detail. Diese Erkenntnis hat Rena Brauné aus ihrem Beruf als Schmuck- designerin in ihre Lust des Schreibens mitgenommen.In Portugal begann es, als sie und ihr Mann von der Schönheit eines abgelegenen Tals so begeistert waren, dass sie dort sechzehn Jahre ihres Lebens verbrachten. Hier entwickelte sich ihre Leidenschaft für das Schreiben. Mittlerweile lebt Rena Brauné in Norderstedt – und schreibt zur Freude ihrer Leser*innen immer noch!

Informationen zu den bisher erschienenen Büchern von Rena Brauné finden Sie auf den nächsten Seiten.

Zuviel ist tödlich

Kadera-Verlag, 2018
188 S., € 9,99
ISBN 978-3-944459-78-3

Zwölf Geschichten von der Schattenseite des Lebens. Ein einziger Tropfen - und das Fass läuft über. Zwar gibt es immer eine Lösung, aber manchmal ist es besser, wenn niemand anderes davon erfährt.

Das Gesetz der Familie

Kadera-Verlag, 2019
248 S., € 14,00
ISBN 978-3-948218-02-7

Geschichten von Familien, die gemeinsam stark sind. Auch dann, wenn Unerträgliches geschieht: ‚Fremdkörper' werden einfach eliminiert, nicht immer auf die freundliche Art.

Ein gefährlicher Freund

BoD, 2020
156 S., € 9,99
ISBN 978-3-7504-5115-5

Das Leben des Schriftstellers und seiner Familie, von dem erzählt wird, ist unkonventionell. Wie gehen andere Menschen damit um? Wie geht der Schriftsteller mit Feinden um?

Schatten der Vergangenheit

BoD, 2020
249 S., € 9,99
ISBN 978-3-7526-0744-4

Was als Hilfsaktion für eine psychisch kranke Nachbarin begann, mündet für alle Beteiligten in einer Katastrophe, die Jahre nach dem Tod jener Frau weiteres Unheil nach sich zieht.

Gefährliche Lebenslügen

BoD, 2021
280 S., € 9,99
ISBN 978-3-7534-5964-6

Etwas zu verschweigen, ist das schon eine Lüge? Das Verdrehen der Wahrheit? Durch beides kann jedenfalls großes Unheil entstehen, das schlimmstenfalls in Mord mündet.

Zurück ins Leben
Friedemanns Geschichte

BoD, 2021
177 S., € 11,99
ISBN 978-3-7543-4195-7

Nach dem Tod seiner Mutter, den sein Großvater bewusst verursacht hat, findet Friedemann in einem qualvollen Prozess durch die Erinnerung an seine Familiengeschichte zurück ins Leben.